瑞傑路德
艾莉娜麗潔
克里夫
諾倫
人物介紹

「魯迪烏斯。」
接下來，我肯定會聽到不願聽到的話。
我有這樣的預感。腦海一隅湧現出這樣不安的預感，難道……

# 無職轉生 ㉔

到了異世界
就拿出真本事

理不尽な孫の手
Rifujin na Magonote

插畫：シロタカ

Kadokawa Fantastic Novels

無職轉生～到了異世界就拿出真本事～㉔

# CONTENTS

## 第二十四章 青年期 決戰篇 上


第一話「作戰會議」 10
第二話「尋找追求之物」 38
第三話「尋尋覓覓之人」 65
第四話「斯佩路德族的村落」 88
第五話「冥王畢塔」 120
第六話「疫病」 172
第七話「天才」 201
閒話「對某人而言的誰」 227
閒話「畢塔與拉克薩斯」 241
第八話「首都」 251
第九話「四天三夜　斯佩路德村參觀之旅」 277
第十話「消失」 301

「根本沒有天才。」

There is man who accomplished a great achievement.

著：魯迪烏斯・格雷拉特

譯：金恩・RF・馬格特

# 第二十四章 青年期 決戰篇 上

# 第一話「作戰會議」

奧爾斯帝德股份有限公司事務所的會議室。

我位在此處，坐在奧爾斯帝德的正對面。在我兩側，也分別坐著艾莉絲、洛琪希、希露菲以及札諾巴等成員。

負責會議紀錄的是洛琪希。

「──事情就是這樣。」

我將這次一連串的情報彙整之後，向奧爾斯帝德報告。

基斯、北神卡爾曼三世。

聽到發現這兩個人在畢黑利爾王國的消息時，奧爾斯帝德龍心大悅。儘管沒有說出口，但我可以感覺到他給人想說「幹得好！」的氛圍，所以我也開心地繼續報告。

「……」

但是，在我報告「發現了瑞傑路德」的瞬間，他愉悅的心情消失了。

他的態度明顯消沉。

「……那個，請問有什麼問題嗎？」

感覺像是在生氣，卻又好像不是。他以充滿負面情緒的氣場瞪著我。

事到如今，我並不會因為被惡狠狠地瞪著就雙腳發抖，但要是不知道理由，還是會有點不安。

「……畢黑利爾王國，也是鬼神的所在之處。」

據說鬼神所居住的鬼島，就位在畢黑利爾王國的東方。

我沒有忘記這件事。只是確認。

「是指鬼神很有可能與我們為敵那件事嗎？」

「這代的鬼神，在過去的輪迴當中，曾有一次成為使徒。」

這樣啊。那麼，基斯的所在處是陷阱的可能性就增加了……

或者說，基斯的目的也有可能就是鬼神嗎？這部分就算在會議室討論也釐不出結果。必須直接去確認才行。

不過，我們現在是在會議室。在會議室能討論的東西，就在會議室解決吧。

「包含這點在內，我想跟您討論有關今後的方針。」

「嗯。」

「既然目前都掌握了這麼多情報，我認為不去畢黑利爾王國，暫緩這件事的選項是不可能的。」

總之，要從現在開始制定作戰計畫。

「這件事也有可能是基斯，再不然就是人神設下的陷阱。但是，我們不知道下次要何時才能捕捉到四處逃竄的基斯，可以將這次視為千載難逢的好機會。沒辦法找到前劍神加爾・法利昂與北神二世確實很遺憾，但我打算去畢黑利爾王國。您意下如何？」

「我沒有意見。」

不管怎麼樣，收到了發現基斯的報告後，阿托菲已經獨自展開行動。

儘管我沒問她打算走哪條路線過去，但抵達時間應該會比我們慢上許多。

得花一個月或是兩個月，搞不好要更久時間。

到時為了與抵達現場的她會合，也為了向當地居民說明她的狀況，我也必須去畢黑利爾王國一趟。

「需要做的事情有四件。找到基斯，打倒他。找到北神卡爾曼三世，說服他。找到瑞傑路德，說服他。找到鬼神，說服他或是打倒他。優先順序就照我剛才說的這樣……可以嗎，奧爾斯帝德大人？」

「……嗯。」

以我個人來說最想先找到瑞傑路德，但果然還是以北神優先吧。

關於鬼神，交給從海路過去的阿托菲處理說不定比較輕鬆。

要是一直沒辦法和她取得聯絡，應該會演變成那種狀況。

是說，我該怎麼和阿托菲聯絡？

我們的聯絡手段應該只有設置在涅克羅斯要塞的通訊石板。

……算了，這部分就等阿托菲抵達後再想，就照這樣進行吧。是說大概也只能這麼做。沒辦法緊急聯絡實在很不方便。

「另外，如果在找到基斯時，基斯那方已集結大規模戰力，我們這邊也需要召集援軍。」

敵人就在畢黑利爾王國。

但是，將戰力集中在畢黑利爾王國，到時才發現基斯已經逃之夭夭，撲了個空的話，我就會變成放羊的孩子。

儘管這種狀況很有可能發生，但各國對我的信用肯定會下滑。

「我想呼叫援軍的時機，等找到基斯之後也不會太遲。」

所以，要發現敵人，再展開決戰！沒錯，最好等確定之後再呼喚伙伴。

找到了基斯，聚集了伙伴，被他逃走了，解散！

要是像這種情況再三重演，到了緊要關頭無法召集伙伴的話，就沒意義了。

「因此，我打算在各地事先設置用來召集援軍的轉移魔法陣。」

畢黑利爾王國雖然是小國，卻坐擁三座大都市。

首都畢黑利爾、第二都市伊雷爾、第三都市黑雷魯爾。

「我會在三個都市的周邊，個別設置轉移魔法陣。」

我瞥了洛琪希一眼。

「儘管能正確描繪轉移魔法陣的人有限，但事先料到會發生這種事，我偉大的老師，已經事先準備了好幾組轉移魔法陣的捲軸。請各位鼓掌。」

頓時掌聲雷動。

紙片飛舞，朝站在舞台上的洛琪希落下。

手持麥克風的洛琪希朝著聚在大廳的全世界粉絲揮手致意，那一瞬間不斷有人暈倒。不過是在我的腦內。

「無論是否能發現基斯的行蹤，我們都要堵住基斯的逃脫路線。所以要派人前往畢黑利爾王國的鄰國，監視街道。這部分就交給夏利亞的魯德傭兵團。」

就是莉妮亞與普露塞娜。想必愛夏也會願意行動。

「封鎖逃脫路線後再搜索基斯，找出他藏身之處的同時投入援軍，將他一舉擊潰。」

最重要的是確定敵人就在那裡。

之後直到聚集戰力之前，都不能讓敵人脫逃。

所幸畢黑利爾王國由森林、山脈以及大海包圍，鄰接的國家也不多。

要封鎖逃脫路線應該沒那麼困難。

基本上，奇希莉卡用魔眼找到基斯時，察覺到了人神的存在。

那麼在那一瞬間，人神也有可能反過來察覺到這件事。

表示基斯很有可能已經逃之夭夭。

如果基斯真如當初那封信所說的在召集伙伴，想必也可以從森林脫逃。封鎖鄰國的路線，只能算是聊勝於無。

「原來如此。那麼各地的魔法陣要由誰設置？」

「我們分頭進行吧。兵分三路。」

「……這樣應該不行吧？因為對方的目標是魯迪啊。」

「嗯。」

我點頭回應希露菲這句話。姑且不論信或相信，但基斯在那封信上挑明要對付我。若我單獨行動，很有可能就這樣落入陷阱。

也有遭到各個擊破的危險。

「可是，多虧有奧爾斯帝德大人的手環，我現在逃離了人神的監視。基斯與人神無法感應到我與奧爾斯帝德大人，以及我們身邊的人物。話雖如此，對手是基斯，他勢必會透過土法煉鋼的手段找到我。也就是說，他會用正常管道蒐集情報查出我的動向。所以我打算喬裝潛入，趁他還沒找到我之前，迅速設置好魔法陣。」

不管到底是不是陷阱，我都不該讓他發現我的行蹤。

所以我要喬裝。

雖說就算這樣，只要我為了找到基斯而蒐集情報，他總有一天會掌握我的行蹤。

但是，起碼能避免我剛踏進畢黑利爾，就立刻遭到包圍而死的狀況發生。

若行動時運氣不錯，即使基斯設下陷阱，我應該也能先發制人。

若不是陷阱，表示被奇希莉卡的魔眼捕捉行蹤，對於基斯與人神來說是預料之外的狀況。

這種狀況下，基斯勢必會選擇逃走。

話雖如此，基斯應該也是有事要辦才會去畢黑利爾王國。

在我去之前，或許他會試圖在千鈞一髮之際把自己的要事辦妥。

透過喬裝，讓他慢一步發現我，應該就有可能延後他逃走的時間。

沒有不這麼做的理由。

「既然魯迪想隱藏行蹤，或許最好有人負責聲東擊西。」

此時，洛琪希這樣提案。

聲東擊西。換句話說，要讓基斯以為「魯迪烏斯察覺這是陷阱，沒有來畢黑利爾王國」。

儘管撒餌想引魚上鉤，釣到的卻都是小魚，沒看到想要的大魚，對方或許也會混亂。

「聲東擊西嗎？有沒有什麼具體方案？」

洛琪希點頭。

「有。由我們之中的某人去劍之聖地如何？愛麗兒陛下說會立刻派出援軍。那麼，當中肯定會有基列奴與伊佐露緹。若是她們兩人，想必也很熟悉劍之聖地的成員，即使對方與我們為敵，她們也不會輕易敗北。據魯迪所說，現任劍神並沒有成為人神的使徒，所以到時也可以帶著有機會成為戰力的人回來參戰。比方說，劍王妮娜之類。」

妮娜啊……

她是艾莉絲難得會自己想主動拉攏為伙伴的人物。

儘管沒辦法取代劍神，但既然和艾莉絲平分秋色，確實能成為戰力。

但是前陣子去的時候，他們那邊忙得焦頭爛額。她會願意來嗎……

「啊，那麼這個工作，就由我去吧。」

這時，希露菲舉手自告奮勇。

如果是她應該能成功交涉。畢竟她與妮娜、伊佐露緹以及基列奴那三個人都見過面。

進一步說的話，由希露菲過去，這個舉動本身就算聲東擊西。

由於孩子已經出生，殺死我老婆也沒什麼用，但那傢伙應該很清楚我想保護的人是誰。

只要老婆分散各地，或許就很難判斷我的所在處。

只是有個疑慮。

「……不會危險嗎？」

「當然會有危險。可是既然已經掌握基斯的下落，我想風險應該很小。」

確實如此。

想必基斯也不會讓他費盡千辛萬苦才拉攏的伙伴遭到各個擊破吧。

如果基斯在其他地方，應該視為他的伙伴也跟在他身邊。

我是這樣認為，但或許這個想法已經被摸透了。

「我認為，人神知道對魯迪而言什麼最為重要。只要由我們去，應該就有聲東擊西的效果。」

洛琪希將我剛才想過的事情鄭重地說了出來。

可是……奇怪？

這樣想的話，我的作戰計畫真的好嗎？

在畢黑利爾王國設置轉移魔法陣，藉此聚集戰力。話雖如此，大家從各自的位置移動過來，勢必得花上半天到一天時間。

反過來說，我們也很有可能遭到各個擊破吧？

而且現在感覺開始演變成全面戰爭，這個該不會是豎旗吧？分散各處的伙伴相繼死去之類的？不對，豎旗什麼的根本沒意義，我自從來到這個世界後應該很理解這點才對……

「可是，我還是有點擔心……這個作戰，果然還是放棄比較好嗎……」

「魯迪……」

洛琪希呼一聲嘆了口氣。

我懦弱的想法在她面前似乎無所遁形。

「聽好了，魯迪。潛入迷宮的冒險者，都是以每個人都平安無事的狀態下結束冒險為目標。所有人都各自辦好自己能做的所有事情，藉此提高生還機率。我們一直以來，都認為在家照顧小孩是我們『能做的事情』，所以才這麼做的。因為不論我還是希露菲，在戰鬥上都遠遠不及魯迪與艾莉絲。可是，我認為自己剛才提議的『能做的事情』，有辦法提高所有人的生還機率。」

機率……是嗎？

不過，說得沒錯。本來事情就沒有絕對。

就算原本以為是安全又確實的方法，依然會發生不測，因為沒有考慮到的某種因素而導致失敗。

「魯迪，我知道你打算把我們關在家裡。可是，無論你把我們關得再徹底，一旦你輸了就結束了。我們會全滅。不論什麼樣的行動都存在風險。我們就冒著危險，一起笑到最後吧。」

要是有任何一人死了，我還能笑得出來嗎？

若是我去了畢黑利爾王國，回來之後，發現洛琪希、希露菲，以及艾莉絲都不在了。這種狀態下我還能笑得出來嗎？

我笑不出來。

「魯迪，我們已經為人父母。不能只顧慮自己，也要考慮到將來。」

聽到這句話，我腦中突然浮現保羅的臉。

要是保羅還活著，現在，在這個瞬間，他會怎麼做？進入轉移迷宮時，他有帶我一起過去。轉移事件那時……因為他當時被逼得焦頭爛額，不列入討論。

在那之前。

在布耶納村生活的那時候。

起碼保羅沒把我關在家裡。

他雖然有試圖保護我，但還是會讓我在稍微走個幾步路也會有危險的村落一個人出門。

塞妮絲也是，沒有懷孕的時候，她在村裡的治療院工作。

懷孕之後，我記得她在安定的時期也經常出門。

保羅並非完全正確。畢竟保羅沒有明確的敵人。

可是，我現在活得好好的。這樣一想，這也不行那也不行的思考方式，是否有點過度保護了呢？不對，現在狀況截然不同啊……

「嗯，洛琪希說得沒錯。」

「大家一起承擔風險吧。打倒敵人後，再由倖存下來的那個人去照顧孩子們就好。」

希露菲同意了。

「……是啊！」

聽到希露菲這句話，艾莉絲點頭回應。

儘管不清楚她是否理解剛才說的內容，但至少她同意希露菲說的話。

「……」

札諾巴與奧爾斯帝德沒有回答，但也沒有出聲反對。

「好，那麼，就以這種方式進行吧。其他人有異議嗎？」

沒有異議。那麼，就確定以這個作戰進行吧。

在我隱藏行蹤的這段期間，大家分頭搜尋基斯，一旦發現就要阻斷退路不讓他逃走，等待援軍到來再一舉殲滅。

「好，那麼再來是……」

之後，我們順利地統整作戰的詳細內容。

★★★

討論後的結果，分成了下述隊伍。

・在鄰國堵住基斯逃脫路線的隊伍：

愛夏、莉妮亞、普露塞娜，以及其他傭兵團成員。

・從劍之聖地帶妮娜參戰的聲東擊西隊伍：

希露菲、（基列奴、伊佐露緹）。

・前往首都的隊伍：

札諾巴、茱麗以及金潔。

・前往第二都市的隊伍：

魯迪烏斯。

・前往第三都市的隊伍：

艾莉絲、洛琪希。

分頭設置好轉移魔法陣後，再各自搜尋基斯以及北神。

希露菲按照剛才提案的內容進行。札諾巴主要負責蒐集情報。艾莉絲與洛琪希則負責應付鬼神。

堵住逃脫路線的隊伍，只要拜託愛夏，應該能順利完成任務。

我的工作，是與瑞傑路德有關。

之後曾聽說過各式各樣傳聞的鬼神、正好在這個時間點前往畢黑利爾王國的北神卡爾曼三世。

與我關係匪淺的瑞傑路德。

由於我們這邊實在很難預測基斯的動向，只好將戰力拆開分頭行動。

最好在私底下交換情報，行動時也要臨機應變。

前往畢黑利爾王國的成員要立刻動身。
要是再磨蹭下去，基斯或許又會隱藏行蹤。
我可不想每次都為了找基斯而去找奇希莉卡。
希露菲就讓她稍微過一陣子再行動吧。
儘管愛麗兒說會立刻派出援軍，但阿斯拉那邊也有自己的事情要考量。
基列奴與伊佐露緹自然不可能過了幾分鐘後就趕來。
茱麗、金潔、莉妮亞、普露塞娜以及傭兵團的成員，其實都還在處理其他工作，不過我會要求他們以這邊為優先。
畢竟現在是關鍵時刻。
就算勉強自己，也必須去做。
會是機會還是陷阱呢？儘管不可能這麼剛好，但我希望是前者。
計畫擬定好後，我也透過通訊石板轉達給愛麗兒與克里夫。
愛麗兒馬上回訊說「立刻派出支援」，但克里夫那邊還沒回覆。
與石板設置在自己房間的愛麗兒不同，米里斯那邊得經由傭兵團轉達給克里夫，所以會花點時間才收到回覆。
「還有問題嗎？」
我環視周圍，沒人舉手。

似乎沒什麼問題。

不過札諾巴那邊令我有點不放心。根據目前狀況，我們把重點放在離鬼島最近的第三都市，以及離發現瑞傑路德的報告最近的第二都市，但畢竟首都是人潮最多的場所，或許最為危險。我認為金潔蒐集情報的能力很高，札諾巴也是強大的武人，但他很怕火魔術。

我希望他別死。

「札諾巴，小心點喔。」

「明白。不過，本人反而更擔心店裡的狀況。」

「喔，說得也是……」

目前就算領導者不在，店鋪和工廠依舊能正常運作。

但是，若札諾巴與茱麗他們倆不在，遇上大麻煩時該怎麼解決？

「其實我是想把茱麗留下來的。」

「哈哈哈，畢竟本人已經約定過不再離開她。」

因為茱麗深深愛著札諾巴嘛……

說實在的，札諾巴到底是怎麼看待茱麗的？他們兩人是彼此相愛嗎？

這部分也不太能打破沙鍋問到底啊。該怎麼說，札諾巴這個人總是對女性會拉開一步或是兩步的距離。

萬一他們生了小孩，我原本還打算盡情地嘲諷這傢伙是個死蘿莉控，不過身為局外人，我也不是很想多嘴。

「艾莉絲，妳也沒問題吧？」

「…………沒問題啦。」

艾莉絲一臉不滿。

她似乎想和我一起行動。可是這樣一來就沒人能擔任洛琪希的護衛。而且和艾莉絲走在一起會非常顯眼。她根本沒辦法隱密行動。

所以，我讓她去跟在第二引人注目的洛琪希身邊。

她們也算是聲東擊西的一組。

「我擔心魯迪烏斯一個人會出事。」

確實，我也很擔心自己。

我能確實地避開基斯的眼線，同時收集情報嗎？

基斯是個一流的情報販子。要是我無法巧妙地隱藏自己的行蹤，一旦他得知有人在尋找北神卡爾曼與瑞傑路德，我的行動就被基斯逮住了。

要是我的行蹤太快曝露，毫無疑問會被他逃走。

基本上，我一個人行動總是不會有什麼好事。

「嗯，我會設法做好自己的工作。」

我在這半年來，或許該找一兩個在諜報方面能派上用場的傢伙才對。

但是後悔也無濟於事。

畢竟我沒預料到這種狀況。

「奧爾斯帝德大人的意見呢？如果您能留在這裡管理通訊石板或是保護我的家人，我會很感激就是……」

「……好吧。」

「謝謝您。」

奧爾斯帝德要留守。

因為他很顯眼，不太適合蒐集情報之類。

到時候雖然有可能出現得要他出馬的狀況，但最好讓他盡量待在這裡，等決戰時再參戰。

基本上也因為魔力的問題，太常讓他參加戰鬥也很傷腦筋。

他就像是最後的王牌。

是說，本來就是為了讓他溫存魔力才會有我這個部下。

所以，我覺得要是讓奧爾斯帝德戰鬥就算輸了。

「……」

奧爾斯帝德一語不發。

雖然感覺他想說什麼，但因為戴著頭盔無法看出他的表情。難道有令他擔憂的地方嗎？

不，或許是因為接下來要執行重要作戰，他也在緊張吧。

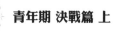

「魯迪烏斯。為了以防萬一，你把那枚戒指戴上。」
「戒指。」
「死神的戒指。」
他唐突地這樣說道，我望向自己的手。
上面戴著很沒品味的骷髏戒指。
這是死神給我的。與奇希莉卡見面後，我依舊自然而然地戴在手上。
「可以請教您理由嗎？」
「為了以防萬一。那個只要戴著就有效果。」
「……了解。」
雖然搞不太懂，但既然戴著就有效果，就這樣吧。
想必到時就會知道了。
「另外，還有一件……」
「那個——」
此時某人出聲插話，使得奧爾斯帝德抿緊嘴巴不再說下去。
是誰啊，哪個笨蛋社員在社長訓話時打斷他的！
然而我環視周圍，發現沒人說話。更沒人舉手。
可是，是女性的聲音。這表示犯人是我三個老婆之中的某人。

「會長——」

會叫我會長的那個人，就是……咦？沒有啊。

「有客人——！」

不對，我知道了。

聲音來自遠方。眾人的視線都朝向門口。這是櫃檯那位精靈的聲音。

名字叫什麼來著？

「抱歉，我稍微去看一下。」

我有交待過她開會時別叫任何人啊……

或許是有什麼急事吧。

★ ★ ★

「……唔喔！」

踏入大廳的瞬間，映入眼簾的是閃閃金光。

是黃金。從頭到腳都是黃金。眼前站著一個身穿黃金鎧甲的傢伙。

「什……！」

「嗨。」

那個金色一派輕鬆地舉起單手。

他的聲音、他的動作，讓我回憶起某個存在的幻影。

而且又是黃金色的甲冑。

黃金騎士。據說鬥神鎧是金色的。而且，巴迪岡迪從前曾作為使徒，身穿黃金鎧甲與拉普拉斯戰鬥。

沒錯，他們攻來了。

基斯是誘餌！

人神打撈了鬥神鎧，將尖兵直接送來這裡！

「這位說他是奉愛麗兒陛下的命令，通過轉移魔法陣來到這裡的。」

呃……怎麼可能嘛。

鎧甲也是因為光源的影響看起來像金色，仔細一看是黯淡的土黃色。

「噢，失禮啦。」

男子脫下頭盔。

從底下出現的，是在這個世界極其罕見的黑髮。

年齡大約五十歲上下。額頭有很深的皺紋，呈現出歷經滄桑的老手風範。

我之前曾和他見過一次面。

沒錯，是在阿斯拉王國的王城，愛麗兒的房間前面。

「好久不見。」

記得當時他好像說了很像中二病發作的話，不願意告訴我名字。不過其實我知道，因為當時身旁一位名叫希爾貝斯托的人有告訴我。

「您好。這次，您是否願意將大名告訴我呢？」

聽到這句話，他哼笑一聲。

就好像是在表示現在並非那個時候，但也無可奈何。

「我是愛麗兒陛下的騎士，名叫香杜爾・馮・格蘭道爾。」

「喔喔，您多禮了。我叫魯迪烏斯・格雷拉特。」

由於對方低頭致意，我也跟著低頭。

話說回來，我沒聽過格蘭道爾家啊。之前聽到的時候，我也忘記詳細問奧爾斯帝德這件事。而且他看起來也不像什麼重要人物。

「方才接到愛麗兒陛下指派的密命，特此趕來。」

說完這句話，香杜爾便將抱在腋下的箱子遞給我。

方才……呃，就在剛剛嗎？我明明才剛在會議中通知她計畫內容，動作還真快。

「好的。這個是？」

「裡面放有能改變樣貌的魔道具。陛下說您肯定需要這個。」

喔喔。

這麼一說，我才想起阿斯拉王國有這樣的魔道具。

是愛麗兒用來變裝的那個。

話又說回來，準備真是周到。或許她打從一開始就預料到會派上用場，事先準備好的吧。

「請您確認內容。」

「好的。」

我依言觀察箱子裡，確實，有一對眼熟的綠色戒指與紅色戒指。

戴上綠色戒指的人，會變成與戴上紅色戒指的人相同外貌與髮色。只要用這個，就可以變成隨處可見的村民。

「另外，這是阿斯拉王國的證章。陛下說要是出了什麼狀況，可以出示這個報上陛下的名字。」

他又遞過另外一盒箱子。

我收下後確認內容，裡面的證章確實刻有阿斯拉王家的徽章。而且還是全新的，難道愛麗兒是覺得一一寫信件也很麻煩，派人重新刻了一枚嗎？

這下子，又欠了愛麗兒一份人情。

「還有，陛下囑咐我們前來協助魯迪烏斯大人。」

協助……所以是來湊數的援軍嗎？

想必是因為不方便突然派劍王與水帝出任務，所以才派閒得發慌的騎士過來吧。

不對，用湊數來形容對他太失禮了。

他也是出色的援軍。既然是愛麗兒派來的，應該是選了一個會確實遵守保密義務的傢伙。

起碼他不會到處張揚轉移魔法陣的存在。

「嗯？我們？」

「是的。喂，來打聲招呼。」

香杜爾輕輕動了下巴，然後牆壁就動了。

正確來說，動起來的是猶如擺飾品一樣擺在大廳角落的巨大鎧甲。

明明直到剛才都沒有那種鎧甲，我卻沒發現……也太不起眼了。

可是，一旦意識到就會很有存在感。深灰色的厚重鎧甲。肩膀很寬，背上揹著巨大戰斧。

是斧戰士。

「……我是，杜加。」

「啊，您好，我是魯迪烏斯・格雷拉特。」

杜加。之前也曾和他見過一面。

他擔任愛麗兒房間的門衛。該說是有點嗎，感覺是很遲鈍的門衛。

他並非斧戰士，而是鎧甲騎士。雖說名字和體格都很精悍，表情卻顯得有些木訥。感覺是個沉默寡言，卻心地善良的大力士。年紀是二十幾歲……不，說不定才十幾歲。

香杜爾則是身穿土黃色鎧甲，年富力強的中年男子。

儘管他的肩膀也算寬，但與杜加並肩站在一起就顯得有些瘦弱。

感覺是很像會在某座城堡的頭目戰兩人同時出現的組合。（註：出自電玩遊戲《黑暗靈魂》的翁斯坦與斯摩）

「好啦，有什麼事請您儘管吩咐。要我做什麼都行。」

「咦？唔……」

既然他們都專程過來了，就麻煩他們做些事情吧。

比較妥當的就是加入傭兵團那隊嗎……？

不，讓他們跟著札諾巴也不錯。不過，到時恐怕會演變成戰鬥啊。

「……香杜爾先生是屬於能打的人嗎？」

「嗯，當然。在阿斯拉王國的騎士團當中，我可是最厲害的。」

最厲害的嗎？可是，在那個騎士團當中，想必沒包括基列奴與伊佐露緹吧……

雖然我覺得這個人態度柔和，從他在阿斯拉王城的言行舉止來看是個有趣的人，以朋友來說算歸類在喜歡的那邊。

但老實說，以戰力來說感覺不太能信賴。

「也許會和列強級別的人交手，沒問題嗎？」

「沒問題。自從決定服侍愛麗兒陛下的那一刻起，我就已經做好捨命的覺悟。」

唔……既然這樣就好。搞不好愛麗兒也是打算把他們當作棄子。

就讓他跟在札諾巴身邊吧。

……不對，等一下。怎麼有點不太對勁？我可是剛剛才聯絡啊？就算愛麗兒辦事效率再怎麼好，也實在太快了吧？

時機掌握得恰到好處。難道他其實是人神派——

「是你啊。」

我回頭望去，站在眼前的是奧爾斯帝德。

看到他後，香杜爾低頭致意。

「您好，龍神奧爾斯帝德大人，初次見面。看來您的詛咒，比我從愛麗兒陛下那邊聽來的壓抑得更好，實在是再好不過。」

我不經意地看見精靈女孩看似很感激地十指相扣，抬頭望著奧爾斯帝德。

怎麼了嗎……她不會是第一次看到社長吧？雖說奧爾斯帝德目前戴著頭盔，但詛咒意外地不太有影響？

不對，現在重要的是香杜爾。

「你現在在服侍愛麗兒嗎？」

「是的。我身上也帶著證書。」

他一邊這樣說著，同時從懷裡取出文件展示給我們看。

上面確實寫著「任命香杜爾．馮．格蘭道爾為阿斯拉王國黃金騎士團團長」。

附有愛麗兒的親筆簽名，以及阿斯拉王國的徽章。

難道他是特地帶過來的嗎？或許是因為我剛才在懷疑他吧，總覺得這樣反而更可疑了。

「你們就跟著魯迪烏斯行動吧。基斯應該還不清楚你們的長相。」

「遵命。」

「魯迪烏斯，沒問題吧？」

「咦？啊，是。」

突然出現，又突然做出決定。

算了，既然奧爾斯帝德要我這麼做，是沒關係啦……

「啊，不，大有關係。請等一下。突然這樣決定我會很為難的。更何況這個人到底是誰？奧爾斯帝德大人應該認識他吧？」

「噢，這傢伙是——」

奧爾斯帝德話說到嘴邊又吞了回去。

仔細一看，香杜爾用手指抵住嘴巴。

「既然您不知道，維持這樣也沒什麼不好吧？現在的我是愛麗兒陛下的騎士，而今後的我，則是魯迪烏斯大人的隨從。」

既然他都這麼說了，看來是知名人物吧。

會是誰啊？感覺不像列強。因為好像很弱。

奧爾斯帝德也知道的知名人物……比方說是與龍族有關的聖龍帝席拉德，或是冥龍王邁克斯威爾之類。啊，但他不是銀髮。不過頭髮也可以用染的？

「這樣不要緊嗎？」

「這個男人不會有問題。讓你一個人行動，我也會感到不安。但是，這傢伙能勝任這件事。他是使徒的可能性很低，也擅長蒐集情報。」

既然奧爾斯帝德充滿自信地這麼說，那我應該能相信他吧。

我也不認為愛麗兒會只看關係就任命怪咖擔任騎士團團長，或許這個人其實很有本事。

「請交給我吧。」

總之，這個人擅長蒐集情報，換句話說，是那個領域的知名人物？

奧爾斯帝德知道他很正常，但他也理所當然地認為自己會被認出來，這種感覺很像以情報維生的人。

我一個人行動確實也會感到不安。話雖如此，和陌生人一起行動也教人不放心。

不過，既然是奧爾斯帝德信任的人物，自然沒必要懷疑……是嗎？

況且他也是愛麗兒派來的援軍。

奧爾斯帝德說這樣正好……換句話說，我可以認為這男人的能力出眾，而且相當安全嗎？

就這樣判斷吧。

愛麗兒也是把這男人視為隨從派來的。

她了解我的狀況。以此為依據派出當下最適合的援軍。
既然會讓他使用轉移魔法陣，至少是很信任他的。
那麼，我現在就相信奧爾斯帝德與愛麗兒的判斷吧。
「明白了，那麼請你一起參加會議。雖然這麼說，但也已經接近尾聲了。」
「了解。」
等我說明完整個作戰流程後，再向愛麗兒詢問這兩個人的事吧。
我抱著這種想法，帶著來歷不明的兩個人走向會議室。

## 第二話「尋找追求之物」

畢黑利爾王國。
位於中央大陸北部東端的這個國家，由山脈、海洋以及森林所圍繞。儘管國力並非雄厚，卻擁有三個巨大都市。
那三個都市分別是：
中央，首都畢黑利爾。
南側，森林正前方的第二都市伊雷爾。

東側，面向大海的第三都市黑雷魯爾。

如上。

沒有像樣的特徵，如果硬要舉出一點，就是與國力相較之下，國土顯得相當寬廣。

國土明明是鄰國的兩倍，戰力卻只與鄰國相同程度。

雖然有兩個國家沿著官道與該處連接，畢黑利爾卻從未遭到侵略。

儘管在這塊北方大地的東部，持續著群雄割據的時代，該處依舊未受紛擾。

與國土相較之下，戰力卻顯得薄弱的畢黑利爾王國，為何沒有遭到侵略？

其背後的理由，正是因為鬼族的存在。

鬼族居住在孤獨漂在海上的鬼島，畢黑利爾王國與他們是莫逆之交。

很久以前……說是這樣說，但由於是在拉普拉斯戰役結束，以及畢黑利爾王國建國之後，頂多是距今五十年到一百年前吧。

當時，居住在鬼島上的鬼族，與居住在北方大地一隅的人族之間並沒有交流。

或者該說，儘管與住在海邊的居民偶有交集，但鬼族不至於大搖大擺地在人族的城鎮裡走動。

當時，鬼族面臨一個問題。

那就是他們遭到生活在大海的海魚族侵略。

身為戰鬥民族的鬼族，沒有屈服於敵方侵略做出抵抗，但雙方戰力實在差距懸殊。鬼族的人數一個又一個地減少，再這樣下去不是全滅，不然就是淪為海魚族的奴隸。

正當鬼族一籌莫展之際，一組冒險者出現在他們眼前。

據說，他們是得知鬼島上有金銀財寶的消息才來到島上。

至於是什麼樣的隊伍，文獻中並沒詳細記載，但據說隊長是人族，是四人隊伍。成員肯定是劍士、狗、猴子以及雉雞。（註：出自《桃太郎》）

這群冒險者夢想與敵人戰鬥，獲得財寶。

可是他們看見的，卻是窮困潦倒的鬼族。因為戰爭而使得人數日益減少，傷痕累累的鬼族戰士、處在恐懼之下生活的鬼族女性，以及臉上失去笑容的鬼族孩子……

看到眼前景象，冒險者點燃了正義之心。

他們當場發誓要拯救鬼族，與當時的鬼神交涉。聯手鬼族的戰士們，一同潛入海魚族作為據點的迷宮。在經歷一場激烈的死鬥之後，成功擊倒了海魚族族長。

然而，代價卻相當慘重。

人族的冒險者隊伍，除了隊長那名劍士之外都戰死沙場。

失去伙伴的人族劍士，為此悲慟不已。

看到他真情流露，認定他為恩人的鬼神，發誓要成為他一輩子的朋友，今後，鬼族世世代代都會協助劍士……

此時，才發現了令人震驚的事實。

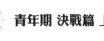

其實那名劍士，是在大海的另一端剛建立的新興國家的王子！
王子回國成為國王之後，與鬼族締結了互相保護彼此的誓約。
從此以後，人族與鬼族便攜手並進，和平共處。
——以上，簡略介紹了一下畢黑利爾王國建國記。
我也不確定哪部分是真的，但總之在鬼族的庇護下，儘管畢黑利爾王國擁有與戰力不符的龐大國土，土地又十分貧瘠，但依然沒受到他國侵略，保有國家的主體性。
畢黑利爾王國就是這樣的國家。

我要前往這個國家的其中一個城鎮，第二都市伊雷爾。
成員有三個人。
自稱愛麗兒的騎士，身穿土黃色鎧甲的男子香杜爾，以及身穿深灰色鎧甲，疑似他部下的男子杜加。還有我。
我用他們兩人帶來的魔道具改變樣貌，穿上魔導鎧「二式改」，在上面再穿上甲冑。
而且，在二式改的背上也裝備了洛琪希開發的魔道具。
這個設計是一旦按下腰間按鈕並灌注魔力，與所按按鈕對應的插槽放的捲軸就會自動發動。
右手與左手各五個按鈕，共十個捲軸。

因為不須每次都取出捲軸，相當方便，但由於要將厚重的捲軸以摺疊起來的狀態發動，外觀看起來就像個巨大的小學生書包。

由於形狀看起來很像要發動火箭推進劑，我將這個命名為「捲軸推進器」。是繼加特林機槍之後的洛琪希機械二號。

魔導鎧、捲軸推進器以及鎧甲。裝備這些道具再披上披風的我，聽說就像是超過兩公尺的壯漢穿著鎧甲走在路上。以喬裝來說無懈可擊。

設定上，我是一邊幹著保鏢之類的工作，同時在各地流浪的北神流武藝修行者，關於這部分，感覺就是個沒有特別理由，只為了尋找強敵而到處流浪的傢伙。

以外觀來看，應該很像是兩名彪形大漢跟著隊長香杜爾行動。

順便說一下，我的假名叫克雷。

移動手段是馬車。

現在，我作為三名鎧甲騎士的其中之一，在猶如貨車的馬車上隨著震動左搖右晃。身穿厚實鎧甲的三名騎士一同行動，儘管感覺會相當顯眼，但是在這個世界是再平常不過的光景。

像這樣全身穿著鎧甲的冒險者雖然在魔法都市夏利亞並不多見，但是在畢黑利爾王國，我經常與類似打扮的傢伙錯身而過。

好啦，在馬車移動的時候，我與他們兩人再次做了簡單的自我介紹。

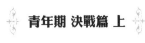

香杜爾．馮．格蘭道爾。

阿斯拉王國黃金騎士團團長。

據說他原本是在各處漂泊的傭兵，長年待在紛爭地帶。他在愛麗兒加冕典禮時恰巧來到阿斯拉王國，很中意愛麗兒的聲音與外貌，為了成為她的部下嘗試各種手段，最後成功吸引到愛麗兒的目光，把握機會宣傳自己，並爬到現在的地位。

這樣聽起來，很像只是個擅長阿諛奉承的傢伙，不過，愛麗兒也不可能把騎士團長的位子交給一個馬屁精。

因此他肯定有過人之處。

我也向愛麗兒打聽過他的情報，但得到的回覆只提及他是個表裡如一，值得信賴的人物。不過，愛麗兒不願意告訴我他的真實身分。感覺她是在嘲笑我「咦～原來你不知道啊～呵呵～那我要保密～」。

可是，既然他並非冒充愛麗兒騎士的傢伙，就先這樣吧。

雖說是黃金騎士團，但鎧甲並不怎麼閃亮。

根據光源強弱是也可以看成金色，或者說，只要打磨或許就能發亮。

但這不是金色，而是黃色。

黃色騎士團。哎呀，這樣聽起來也很強。感覺會有名號叫黃色十四的傢伙。（註：指漢斯－約阿希．馬西里。德國空軍的王牌飛行員。駕駛第三中隊的14號機）

「不過，阿斯拉王國原本就有黃金騎士團嗎……」

我對白騎士與黑騎士之類的有印象，但記得沒有金色。

「這是陛下加冕之後才設立的騎士團。表面上的任務是負責警備愛麗兒陛下的安全，但只要有陛下的命令，無論到哪，任何事都會去做。而且是使用被視為禁忌的轉移魔法陣。」

簡而言之，是愛麗兒的私兵（手下）吧。

「我聽說，原本是為了『支援協力者』才創設的。」

「哦？」

是為了我們才新設立的嗎？

實在很講義氣。而且好可怕。不曉得愛麗兒今後會要求什麼作為回報。希望奧爾斯帝德願意幫我還……

「由於才剛設立，目前人數不多，但都是精銳。別看我這樣，其實很擅長北神流呢。」

香杜爾這樣說完後笑了，但他並不是拿劍。

「雖然你這麼說，但似乎沒看到你的劍？」

「因為我認為這個比劍更強。」

他揮動猶如鐵管的金屬棒。看樣子他會使用棍術。

本來劍術在這個世界就異常盛行，也因為斯佩路德族的影響，導致世人不太喜好長柄武器，但我在這個世界還是第一次看到棍術。

話雖如此，既然是北神流，無論用什麼武器都不足為奇。

雖說這樣已經稱不上劍士，但畢竟北神流也有類似忍者的傢伙。

「一寸長一寸強嘛。」

「沒錯，正是如此。劍神流能將斬擊射到難以置信的距離。水神流則是無論什麼距離下發出的攻擊都能化解。所以很強。那麼，就不該拘泥在劍上，打從一開始就該使用長型武器。」

理論很單純。

在我的前世，這類理論相當氾濫，所以武器射程越來越長。

但是，在這個世界行不通。如果那種理論成立，劍士就不會有著特殊地位。

劍士之所以強大，是因為在可以用治癒魔術瞬間治療傷口，生命力高得一塌糊塗的這個世界，他們能一擊打倒敵人。

所以很遺憾的，香杜爾的棍術是弱者淺薄的想法。

雖然面對人類或許有效，但對上治癒能力高的魔物就稍嫌不利。

「這位杜加也是黃金騎士團的一員。」

「…………哦。」

杜加。沒有姓氏。出身於阿斯拉王國多納提領地。

他原本是阿斯拉王國的士兵。聽說是負責守衛王都大門的門衛。

但是，香杜爾被任命為黃金騎士團團長後，看中了他優秀的潛能，進而提拔他成為騎士。

「原來你也有在挖角人才啊。」

「因為打造一個理想的騎士團也是團長的工作。我打算今後也陸續拉攏強大且派得上用場的人員！」

團長的工作啊……

仔細一想，米里斯的神子護衛部隊，也是身為隊長的特蕾茲最弱。

意思是在組織當中，領導者不需要是最強的吧。重要的是指揮能力。

「可是，雖然叫黃金騎士團這個名字，但杜加先生的鎧甲卻不太像黃金耶？」

「哈哈哈，那當然啦。除了典禮以外，哪有白痴會穿著那麼醒目的鎧甲呢？」

「我記得在阿斯拉王城，兩位都相當引人注目啊？」

「要去陛下房間附近，等同於參加典禮。畢竟騎士團就是象徵陛下權威的一部分。要是同僚在陛下房前還穿著顏色黯淡的鎧甲，看到的人可能會放出風聲說『阿斯拉王國的國王表面上光鮮亮麗，但私底下卻與一群形跡可疑的傢伙來往』。所謂國王，必須是任何時候都得燦爛奪目，站在頂點的存在。」

很有道理。

另外，我每次都穿著黯淡的長袍出現在那樣尊貴的大人面前，實在很抱歉。

可是也沒辦法啊。陛下雖然看起來是燦爛奪目，站在頂點的存在，但私底下卻和名為奧爾斯帝德股份有限公司那一群形跡可疑的傢伙來往。

「那麼，為了以防日後被當成可疑人物，我應該也盛裝打扮之後再去嗎？」

「不不不，要是你們盛裝前來，事情就麻煩了。除了典禮以外，還請務必穿著寒酸的打扮前來。」

「那是什麼意思啦。」

「哈哈哈哈哈！」

香杜爾痛快地大笑。

雖說他怎麼看也不像是壞人，但人神的使徒與性格好壞無關。

儘管奧爾斯帝德與愛麗兒都說沒問題，但我還是保持警戒得好。

「不過話又說回來，這一帶的積雪真少呢。」

聽到香杜爾這樣說，我環視周圍。平原上雖然覆蓋了一層薄薄的雪，但馬車移動起來綽有餘裕。

不過，似乎不至於能從事農作，呈現在眼前的地面一片荒蕪，疑似農地的場所也沒有生長任何東西。即使從遠處觀望，也可以知道這一帶的土地缺乏營養。

說到北方大地，照理說在這個時期應該已覆蓋一層厚厚積雪，然而畢黑利爾王國的積雪卻比想像中更少。

寒風吹來，氣溫低下，空氣也很乾燥。但就是雪很少。

「是受到山的影響吧。」

「與山有關嗎？」

「我想是因為西側高山擋住了雲層，才導致雪飄不到這邊。」

「噢……不愧是魯迪烏斯閣下，真是博學多聞。」

「我說的也不一定正確。」

我在之前世界的常識，並不能套用在這個世界的天候。

畢竟像大森林會連續降下三個月的大雨，不具備沙漠化要素的大陸也會整個沙漠化。沒有降雪的原因說不定與山無關，只是西邊森林的魔力稍稍造成不好的影響，這也是很有可能。

「我的叔父，是很熱心研究這類事情的人物。」

「噢，他有在做什麼研究嗎？」

「他會思考雲從哪裡來，飄往哪裡去，人是生於何處，死後又會往何處去之類，就這樣望著天空度過一整天。」

想必是哲學家吧。

可是，也對。我如果老了，也想這樣過每一天。

超過六十歲後，與希露菲和洛琪希並肩而坐，老爺爺老奶奶地叫著對方，過著痴呆的老年生活。

啊——……不對，希露菲混有長耳族（精靈）的血統，洛琪希則是米格路德族，應該會保持年輕吧？

而艾莉絲就算成為老婆婆，感覺也會很有精神……

會痴呆的只有我嗎？

「那也是很哲學呢。」

「哲學？」

「所謂哲學就是——啊，有魔物呢。」

「請交給我。」

移動途中，我們多次遭到魔物襲擊。

因為森林繁多的國家如同字面所述，道路也有可能沿著森林旁邊設置。

這時，我見識到了他們的實力，畢竟他自稱阿斯拉王國最強的騎士，確實是有兩把刷子。

動作敏捷、技巧卓越的香杜爾，以巨大斧頭一擊打倒對手的杜加。

他們的表現就如同外表，但反過來說，也沒有比外表更令人驚豔。

話雖如此，以劍士來說再怎麼樣都有上級實力。

儘管在與列強級別的人交手時會礙手礙腳，但起碼在旅途中不會礙事。

我得出這樣的結論時，抵達了第二都市伊雷爾。

★　★　★

第二都市伊雷爾，乍看之下是相當平凡的都市。

四周受到城牆包圍，入口的攤販鱗次櫛比，是這個世界最大眾的構造。

木造建築比魔法都市夏利亞更多，要說特徵也算特徵吧。屋頂特別傾斜的木造建築物，與隔壁稍稍拉開距離一字排開。既然是受到森林環繞的國家，木材似乎也理所當然地豐富。

我們將馬車寄放在馬棚後走向旅社，這時，我發現路上攤販的數量有點少。

因為客人很少，商人自然也不會聚集過來……如果是這樣還能明白，但這裡有許多會成為客人的冒險者。

從剛才開始，我就經常與身穿鎧甲的戰士或是穿著長袍的魔術師擦肩而過。

露天攤販的數量與冒險者的人數不成比例。

或許是有什麼理由，還是說算誤差的範圍內嗎……

「哎呀……」

我走路時忙著觀察周圍，差點撞到一名路人。

「喔喔……」

那傢伙身形高大。

身高應該有將近三公尺吧?就連穿著鎧甲顯得體積龐大的我也必須抬頭仰望。

如果有混血巨人族的種族，想必就是這種感覺吧。

肌膚顏色是紅褐色，頭髮暗紅，渾身肌肉，不論手腳還是脖頸都很粗壯。

需要特別形容的是頭部。

頭型巨大，向外翹起的下顎長到嚇人。從嘴裡有兩顆牙齒從下顎往上凸，從毛躁的暗紅色頭髮裡面也豎著兩根角。

一眼就能看得出來，是鬼族。

「小心、點。」

差點撞上我的鬼族說完這句話朝我瞥了一眼，又繼續在路上行走。

儘管身後揹著巨大行李，但是在巨軀的襯托下顯得很輕。

我是第一次近距離看到鬼族，果然有股壓迫感。

在這個畢黑利爾王國，鬼族會坦蕩蕩地走在街上。

這個國家的人也接受這個現象，認為他們在身邊就像是理所當然。

將特定種族視為同胞看待，是在其他國家難以看到的光景。

「克雷，別在那東張西望，你又不是鄉巴佬。」

「咦？啊，是……」

香杜爾機靈地說了一句。

他講話的語氣之所以會和旅行途中截然不同，是因為我們現在是喬裝潛入。

「反正這一帶沒什麼了不起的傢伙。看再多也是浪費時間。」

「也對。」

沒錯，我們是北神流的武藝修行者。必須更努力擺出只對強者有興趣的表情才行。否則特地喬裝就沒有意義了。

「我們先找間旅社。克雷、杜加，可以嗎？」

「好。」

「……哦。」

在車夫座位的杜加一如往常，但香杜爾就如同事前商量過的，已經完全融入角色。香杜爾作為隊長行動也能隱藏我的存在。我是香杜爾的小弟克雷。職業是戰士。好。

「香杜爾，來慶祝一下我們平安抵達。等找好旅社，就去酒館喝個兩杯痛快一下如何？」

「哈，你雖然平常做事很亂來，但偶爾也會講這種很讚的意見。杜加，你也該學著點。」

「…………哦。」

在這樣的對話後，我們前往旅社。

踏入酒館的瞬間，我感到有些不太對勁。

「……嗯？」

我感覺這裡與以前的酒館不同。

話雖如此，以看得見的範圍來說是普通酒館。雖然冒險者居多，也有不少鎮民。

儘管客人當中有兩成是鬼族，但那顯然不是我感到不對勁的原因。多數種族熱鬧哄哄的酒館並沒有那麼稀奇。

那是為什麼？

視線並非特別集中在我們身上，也沒有形跡可疑的傢伙，更沒有奇怪的物品。可是卻有種不協調感。

「怎麼啦，克雷？」

「不覺得這間酒館，有哪裡不太對勁嗎？」

他環視周圍，但似乎沒有產生和我相同的感覺。

「……不清楚。還是我們離開這裡？」

香杜爾小聲地這樣提案。

「不，我想知道為什麼會覺得不對勁。」

「了解。」

香杜爾這樣說完，以可以說沒什麼防備的步伐踏進酒館，找了張空著的桌子坐下。

被杜加推著的我也跟著他的腳步。

當杜加就座時，椅子嘰一聲發出聲響。

這間酒館的椅子莫名巨大，而且相當牢固。

雖然穿著魔導鎧坐椅子時得特別小心，但這樣看來直接坐下也不成問題。

我覺得不對勁的原因是這個嗎？不，怎麼可能。

「拿這些幫我們隨便點吧，上些料理，還有酒，再來就是幫忙介紹熟悉這附近狀況的傢伙。

快點啊，因為我們長途跋涉已經快累死了。啊——那邊的大個子就給他酒以外的東西。像是果汁，或是家畜的奶……沒有的話水也沒差。」

當我在意椅子時，香杜爾已經朝店員扔出四枚銅幣。

「好的——交給我——」

唔，店員也是鬼族。是鬼族女性。可能因為是女性，身材比男性鬼族還要纖瘦。個子高挑胸部也很大……可是，整體來說更接近人類。說不定是混血吧。不對勁的地方……應該不是這個。

「我——說——過，別在那東張西望的。」

「……抱歉。」

香杜爾重重地敲了我的頭。

「可是也用不著打我吧。」

「怎麼？你是在反抗我嗎？」

儘管語氣粗魯，但香杜爾的眼神並沒有責怪我的意思。

單純是我剛才的態度很可疑，所以在提醒我而已。

「不，沒有啦……可是該怎麼說，我覺得坐立難安。」

「坐立難安？有不好的預感嗎？」

「不好嗎……應該不是。」

這個不協調感不會讓我厭惡。
不如說，甚至讓我感覺自己一直在尋找這個。
雖然我認為不太可能，但基斯或是瑞傑路德該不會就在這裡……
我想快點確認這個感覺到底是什麼。當我這樣心想，就會不由自主地四處張望。
酒館裡滿是喧囂氛圍。是隨處可見的酒館。有人互相歡笑，有人彼此爭執。
基本上都在喝酒或是享受美食。料理方面也沒什麼特別。是隨處可見的淡水魚煮的燉菜。
但是，我的腦袋總是有揮之不去的不協調感。
這裡存在著其他酒館沒有的東西。
「想打聽情報的，就是你們嗎？」
我循著聲音望去，桌子旁邊站著一名男子。
是人族。那個男人的表情看起來就像是老鼠那般奸詐。
「你就是這一帶的萬事通嗎？」
「沒錯，如果是這城鎮的事情我什麼都知道。從冒險者隊伍的數量、行商的進貨管道，乃至武器店老闆的外遇對象也是一清二楚。」
「那麼，麻煩你告訴我們各種情報吧。畢竟我們才剛來到鎮上，想避免無謂的麻煩。」
香杜爾這樣說完，伸手讓男子握住幾枚銅幣。
「就這點錢，我可沒辦法告訴你們什麼了不起的情報。」

「我們現在對了不起的情報也沒興趣。不過，如果你真的是人脈很廣的萬事通，到時搞不好會委託你介紹工作……是吧？」

香杜爾將話題拋向這邊，總之我先露出了無畏的笑容。

我現在的長相應該是隸屬魯德傭兵團的粗獷男子，應該有一定程度的威懾力。

「哈，講得這麼嚇人啊。」

萬事通的男子聳了聳肩回應我的笑容，重新面向香杜爾。

總之，先暫時別管那個不協調感吧。

「所以，你們想打聽什麼？」

「我們想知道的大概是這城鎮的常識、勢力範圍、地理環境，以及不能與誰為敵……喔喔，對了，要是在這一帶有什麼工作的機會，就告訴我們吧。」

「好。」

沒有開門見山就詢問基斯的事情。

不能過於著急。我們充其量只是武藝修行者，類似傭兵的魯莽漢。自然不會在意魔族的無名小卒。

「就算說常識，其實也沒什麼重要的規則。在這個都市只要遵守國家的法律，自然可以生存下去。啊……可是鬼族很多，這部分要注意一下。這個國家的人類與鬼族關係親密。哪怕你們是再虔誠的米里斯教徒，對鬼族有任何不滿也得藏在心裡。」

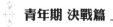

「要是說了會有什麼後果？」

「你想要的東西會沒人願意賣你，也沒辦法投宿。像這間酒館的女老闆就是鬼族。到時很有可能禁止進入，或是讓你吃快臭酸的飯菜吧？」

鬼族是好鄰居。

意思是若說他們壞話，人族反而會比鬼族更生氣吧。

夏利亞雖然感覺對其他種族也相當寬容，但依舊有差別待遇。不像這裡一樣混居生活。

「地理環境嗎……簡單說明一下，就是往北走會抵達首都，往南走有一座村落。那是個無名的小村落，因為常駐幾名樵夫。所以很擅長應付魔物。在東南方也有迷宮。至於詳細位置……可得另外付錢喔。」

「告訴我。」

香杜爾又掏出幾枚銅幣遞給他。

後來我們問出了迷宮的位置。雖然不打算去，但知道也沒有損失。知道迷宮的所在處後，我們再次切回話題。

「不能為敵的傢伙，就像我剛才說的是鬼族。因為在這個國家，鬼族與人族受到平等對待。再來……啊，對了。雖然不是不能為敵的對象，但有個地方最好別靠近。就是地龍之谷。」

地龍之谷。

出現了重要的字眼。發現瑞傑路德的地方，聽說就是在那座山谷附近的村落。

「山谷位於深邃森林的深處……那座森林被稱為『有去無回之森』，據說自古以來，就會有看不見的惡魔出沒，所以現在禁止進入。」

「看不見的惡魔？」

「這個嘛……看不見的惡魔，說穿了就是騙小孩的迷信那類。地龍之谷正如其名，是地龍(Earth Dragon)棲息的地方。冒險者要是擅自闖入那座森林，搗亂牠的棲息地試試看。地龍盛怒之下，搞不好會把整個國家毀滅……八成是因為這樣才禁止進入的吧。」

此時，男人像是想起什麼似的皺起眉頭。

「不過啊。最近……確切來說應該是一年前左右，謠傳說有去無回之森出現了惡魔。」

「哦？」

「這個城鎮的領主組織了調查團，派他們前往森林調查。可是，調查隊過了預定的日期依舊還沒回來。或許是被看不見的惡魔殺了，不對，他們闖進了地龍的巢穴，搞不好只是單純被魔物幹掉了……像這樣的傳言滿天飛。然而，他們並沒有全滅。就在領主判斷第一次調查隊無人生還，打算派出下一批調查隊時，有個人突然在這時回來了。」

此時，眼前的男人稍稍將身體往前傾，以嚴肅表情看著我。

總覺得氣氛很像在講鬼故事。別看我，去看香杜爾啦。

「可是，那名男子已神智不清。想必他經歷了很可怕的遭遇。領主問他究竟出了什麼事，但他的眼神空洞，只是不斷低喃『惡魔，出現了惡魔……』。看到他那副模樣，領主好像也不由自主地怕了起來，自此之後，他就放棄再派出調查團。對外宣稱調查團是遭到地龍襲擊殺害，還下了封口令，嚴禁這次事件對外張揚……真相就此深藏黑暗之中，被視為未解決事件之一處理掉了。這是……半年前的事了。」

「……」

「不過，要是事情這樣就了結倒還好。直到最近，這件事才被傳到國王陛下耳裡。國王陛下說了：『既然附近還有村落，怎麼可以在不明究理的情況下放任不管！』。國王陛下決定組織討伐隊。所以，現在首都那邊正在召集對自己本事有自信的傢伙。」

說到這裡，男子抬頭。

「所以啦，聽說查出惡魔的真面目，將其討伐的傢伙，會收到十枚畢黑利爾金幣作為特別報酬。這算是你們想要的工作機會吧？」

原來如此，看不見的惡魔是嗎？

和我聽說的瑞傑路德目擊情報有些出入……

不過，事情應該是這樣吧？

首先，瑞傑路德基於某種目的前往村落，當時的他被稱為惡魔。

因此傳出「有去無回之森附近出現了惡魔」這件事。後來與「有去無回之森存在著看不見的惡魔」這個情報混在一起，變成了「看不見的惡魔從森林裡出來了」。

因為傳聞總是會被穿鑿附會，所以情報才會遭到扭曲。

傭兵團的情報網運氣很好，得到了被混為一談之前的情報。有一部分也是因為我們打從一開始就縮小範圍尋找那樣的對象。

不過，也有可能正好相反。

其實順序是「看不見的惡魔真的出現了」→「說到惡魔就是斯佩路德族」→「話說回來，出現的傢伙是綠色頭髮」……

不，先等等，這樣一來，怎麼樣都不會有買藥這個情報吧。

算了，謠言就算被加油添醋也很正常。買藥這段與傳言搭不上線。

不過，以瑞傑路德的實力，肯定能在調查隊沒察覺的狀況下將他們全滅。

他為什麼要做這種事？

難道在森林裡有什麼被人看到，公諸於世的話會令他困擾的東西嗎？

「原來如此啊……聽起來很有意思。我說克雷，你也這麼想吧？」

「是啊，惡魔嗎……確實有意思。報酬有十枚金幣這點也不錯。」

我隨便回答，但腦袋想的完全是另外一件事。

不管怎麼樣，我都得去森林一探究竟。

既然出現了這麼多情報，我不認為和瑞傑路德無關。

「可是，既然報酬會給討伐的人，表示是先搶先贏吧？到時恐怕會以組隊形式參加。畢竟我們不是冒險者，如果真要參加，希望找個人協助一下。」

香杜爾對我使了個眼色。我知道啦。

「是啊。就讓他幫忙找吧。」

「好。情報販子，這是追加費用。」

香杜爾又將幾枚銅幣堆到男人面前。

「幫我找名盜賊。條件的話，最好是大多事情都會幹的冒險者，愈擅長蒐集情報愈好。就算戰鬥能力低也沒關係。因為到時由我們戰鬥。報酬……該怎麼辦呢。真麻煩，找到之後再由我們直接找對方交涉吧。」

「期限呢？」

「只要能趕在討伐隊截止報名之前就好……應該還很久吧？」

「在一個月之後吧。」

「那麼，先暫定十天後，到時再來這間酒館碰面，如何？」

「好，交給我吧。」

男子收下銅幣後，小心翼翼地收進懷裡，然後立刻起身，混進酒館喧囂的人潮之中，轉眼間便消失不見。

幹得漂亮，香杜爾。得到了森林的情報，還進一步自然地搜索基斯。雖然沒打聽到北神的消息，但以對話的過程來看這也是無可奈何。我也想稍微學習一下這種高明的談話技巧。

「真是高明呢。」

「我妻子很擅長這種交涉手段。我在旁邊看著看著，自然就學會了。」

原來他結婚了啊？那麼，更應該讓他平安回家才行。

啊，糟糕，講話語氣變回來了。

「嗯咳。那，待會兒怎麼做？」

「先等消息，只不過十天無所事事也太悠哉了……移動到其他地方去看看吧。杜加，你有什麼想去的地方嗎？」

「…………我想看，樵夫。」

「那偵查的時候，順便也去一趟南方的村落吧。」

乍看之下是經過商量才決定好行程，但我們當然打從一開始就決定要去南方村落。

十天……從剛才那番話聽起來，大概一天多就能抵達村落吧。

明天上午設置好魔法陣與通訊石板，就往村落移動。

明天或是後天再進入森林，花個五到六天搜索森林裡面。然後回來詢問情報販子基斯的情報，再將調查內容透過石板聯絡，就照這樣進行吧。

「來，讓各位久等了！」

當我在腦裡規劃行程，料理就上桌了。

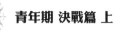

魚的燉菜與酒同時端了上來。

杜加面前擺著某種莫名黑色的液體。會是什麼果汁啊？看起來不太好喝的外觀反而教人感興趣。待會兒再麻煩他讓我嚐嚐味道吧。

好啦，我不打算在這個節骨眼喝得爛醉，但來酒館卻不喝酒，勢必會引人注目。就喝個一杯。

「那麼，預祝我們成功。」

「乾杯！」

「……乾杯。」

我們互碰杯子，大口飲下。微嗆的液體在口中擴散，令喉嚨瞬間發燙。

但是，後勁很溫和——

「——噗！」

杜加噴出了黑色液體。

「咳噗……咳噗……」

「咦？」

周圍以為出了什麼事，將視線集中在這邊，杜加則是低下頭不斷咳嗽。

我慌張地將手放在他背上，詠唱解毒魔術。然而，杜加依舊臉朝地面張著嘴巴，不斷地流出唾液。

「喂，振作點！」

可惡，怎麼了？他剛才喝的是什麼？

是毒嗎？難怪剛才會有不協調感！我就覺得有哪裡不對勁！雖然我現在還是不明白這種感覺到底來自哪裡……！

解毒有效嗎？我要冷靜，這種時候更應該冷靜下來。

首先，得搞清楚這飲料下的是什麼毒……

「你這傢伙，剛才端的是什麼！」

「啊，對不起！」

香杜爾逼問店員時，我試圖努力保持冷靜，把手伸向杜加剛喝一口的杯子。

然後先用手舉起，確認味道。

……咦？這個味道，該不會是……

「原來這位客人是人族啊……因為他身形巨大，我還以為是鬼族的人，是我誤會了。」

「所以我才問你給他喝了什麼啊！」

我用手指沾向液體，嚐了味道。

這個味道……果然沒錯。

「呃，這個是用豆子製成的飲品，鬼族相當喜歡，只不過對人族來說過於刺激，平常都是稀釋後才會端出來……實在是非常抱歉！」

「應該不是毒吧？」

「呃，人族若是大量飲用確實會中毒……可是，如果只喝一口應該不會。」

「可惡！喂，杜加，不要緊吧！喂！」

香杜爾依然驚慌失措，但我已經恢復冷靜。

仔細想想，我走進這間酒館時，就一直聞到這個味道。

恐怕燉魚裡面也加了這個吧。不協調感的源頭。同時，我也知道了這飲料的真面目。要是飲用過度確實會中毒，但杜加只喝了一口，而且還幾乎都吐了出來。

我想是會有點不舒服，但應該沒什麼大礙。

「……」

我再次用指頭沾了黑色液體，舔了一口。

嗯。

沒錯，就是這個。肯定錯不了。我絕不可能弄錯。

這是……醬油。

## 第三話「尋尋覓覓之人」

上回為止的前情提要！

我魯迪烏斯當場就立刻掏錢買了罐裝醬油，並立刻趕路！

隔天，我們移動到第二都市伊雷爾的郊外，設置轉移魔法陣與通訊石板後，前往目擊到瑞傑路德的村落。

位於畢黑利爾王國，地龍之谷附近的村落，離第二都市伊雷爾是半天路程。

儘管被稱為「地龍谷之村」或是「有去無回之森的村落」，但國家制定的正式名稱為魔森村。

話雖如此，就算提到魔森村好像也沒什麼人知道，所以叫「地龍谷之村」就好吧。

這個村落毫無特色。

既沒特產，也不算是個觀光地區。

儘管會砍伐森林樹木，用森林附近具有營養的土地栽種蔬菜，但並不像菲托亞領地的布耶納村那般，是為了從事生產而聚集人們所存在的村落。

原本這裡就有人居住在此，但他們被納入畢黑利爾王國旗下。

就是這種感覺。並非是先有國家，而是先有人。

房屋之間的間隔也很分散，冷清、毫無生氣，是個安靜的地方……其實並沒有。

我們抵達時人聲鼎沸，絲毫不像個貧窮村落。

他們不是村民。有群外貌明顯不像這裡村民的人，聚集在村落入口。

他們身穿鎧甲，腰間佩劍，想必是冒險者吧。不對，以冒險者來說，氛圍更加嚴肅。八成是傭兵，再不然就是賞金獵人。

「香杜爾，這表示有很多人想搶先立功嗎？」

昨天在酒館見識到他的交涉手腕，再加上移動時俐落的應對。讓我得知香杜爾是很能幹的男人。

儘管目前為止都對他是否能派得上用場半信半疑，但這樣一來，我也能明白奧爾斯帝德要他跟著我的理由。像這種狀況，我多半會想詢問他的意見。

相對來說，杜加就派不太上用場。雖然也不算累贅……但目前感覺就只是跟在旁邊而已。

算了，我也沒有偉大到能對人品頭論足。想必他會在某個時間點發揮作用吧。

「不，他們應該只是來探路。只要趁現在蒐集情報，到時開始行動的前期會很有利。」

「不過，應該也有人打算偷跑，先來狩獵對象吧？」

「就算有應該也不多。這是由國家發起的討伐委託。要是搶先一步獵到惡魔，甚至有可能不會發放報酬。」

加入討伐隊，與國家騎士團或其他組織一起進入森林，確認惡魔的身分再將其打倒，確保安全。做到這個地步才有辦法得到報酬。

話雖如此，像這樣與其他人同時競爭，是否能得到特別報酬就得看個人運氣。所以要仰賴的不是運氣，而是在適當時機比其他人更早一步拔得頭籌。他們就是為此才來探路。

「意思是和我們沒有關係吧。」

「我就是這個意思。」

我與香杜爾一邊笑著，同時走進村落深處。

疑似旅社的建築物與廣場。聚集在此的人潮令人想像不到這裡曾是冷清的村落。

大家都很拚命。

不過人多正合我意。

混進這群集團當中蒐集情報也不錯。

「滾出去！」

當我抱著這種想法，突然就聽到有人勸我們離開。

不，當然不是針對我。聲音來自廣場角落。來探路的那群傢伙當中，有好幾個人一臉不情願地離開了廣場。仔細一看，一個杵著拐杖的老婆婆正在高聲吶喊。

「回去！這座森林裡面沒有惡魔！森林之民會庇護我們！危害森林之民的傢伙快回去！」

老婆婆步履蹣跚地杵著拐杖，走近聚在村落門口的那群男人，敲打他們的身體。

響起了從這邊也可以聽見的巨大聲響。

「妳這……」

「喂，別這樣，要是事情鬧大會被鬼族……」

「嘖。」

被敲打的男人滿臉怒氣試圖拔劍，卻被疑似同伴的傢伙制止，快步逃離現場。

老婆婆沒有勉強自己追過去。而是一邊大喊一邊驅離待在廣場的其他人。

男子們就像要遠離老婆婆一樣四散而去。

那是什麼？

老婆婆看著廣場的人潮散去後……啊，她看向這邊了。

她一步一步靠近這邊。

「回去！」

老婆婆拿拐杖砸到我的鎧甲，響起了鏘的一聲。

沒有受到傷害。即使受到老婆婆突然攻擊也很放心，阿斯拉出產的全身鎧甲。

「不可以破壞森林！」

老婆婆一邊大喊，同時用力地敲打我的鎧甲。

「老奶奶，冷靜點。」

「怎麼會是惡魔！森林之民那麼照顧我們！現在知道他們來求救卻要殺了他們嗎！你們這些禽獸！」

老婆婆處於非常亢奮的狀態，絲毫不願聽我說話。

話雖如此，我聽到了一個令人在意的詞彙。

森林之民。是新的字眼。關於這點我想詳細問問。

「妳說的森林之民是……？」

「你們敢趕跑森林之民試試，到時惡魔會出現的！」

一旦森林之民消失，惡魔就會現身。

意思是那個叫森林之民的，正在封住惡魔嗎？

「森林之民與惡魔，是不同的存在嗎？」

「當然啦！別把惡魔與森林之民相提並論！」

「克雷，別再問了。搞不好這個老婆婆是在胡言亂語。」

香杜爾制止我繼續追問。確實，正常人才不會用拐杖敲打素不相識的對象。

可是，我想向這位老婆婆把話問清楚。

「我才沒胡言亂語！森林之民是存在的！我年輕的時候在森林裡迷路！是他救了我的！而且在更——早以前，我的曾祖父也受過他的幫助！」

她說年輕的時候，少說也是二十年前，或是三十年前以上吧。

畢竟這個老婆婆看起來起碼超過六十歲。

而這個老太婆的曾祖父，至少是在一百年前以上吧。

可是，瑞傑路德與我分開，頂多也才十年前。

這樣的話，難道與瑞傑路德無關嗎？

可是……啊。

「森林之民不是惡魔！你們為何什麼都不知道就打算殺了他們！你們是蠢蛋嗎！是的話就滾回去！這群蠢蛋！呼……蠢蛋……呼……呼……」

老婆婆敲打我的鎧甲好一陣子，最後終於上氣不接下氣，倒在地上。

「老奶奶，可以把詳細狀況訴我嗎？」

推斷老婆婆冷靜了下來，我笑著向她搭話。

瑞傑路德或許不在這裡。

但是，說不定……

「我或許是森林之民的朋友。」

森林裡面，或許有瑞傑路德尋尋覓覓的，斯佩路德族的倖存者。

★★★

憤懣不能解決問題。

老婆婆的態度完全就是這句話的寫照，不過她比剛才還要冷靜地跟我說話。

以結論來說，現在還不知道那是瑞傑路德或是其他斯佩路德族。

但是，我大概推斷得出目前在畢黑利爾王國發生的事件流程。

森林之民。聽說是在老婆婆出生之前，有去無回之森裡面就居住著被這樣稱呼的種族。

他們鮮少離開森林。但是當村民在森林裡迷路，或是遭到魔物襲擊，命在旦夕之際，有極少部分的森林之民會出手相助。

包含老婆婆在內，村民都不清楚森林之民究竟是什麼來歷，不過村子裡有個口耳相傳的童話故事。

許久以前，與魔神的戰爭才剛結束不久的那陣子。

有去無回之森棲息著看不見的惡魔。

惡魔會在太陽西下時來到村裡，擄走家畜與小孩，生吞活剝。

村民雖然想設法對付惡魔，但對於看不見形體的敵人實在束手無策，只能終日生活在恐懼當中。

此時出現的，就是森林之民。

森林之民向村民如此提案。

「我們會設法消滅惡魔，相對地，希望各位能允許我們住在森林。另外，還請絕對不要對外洩漏我們的存在。」

村民允諾這件事後，森林之民便前往森林的深處。

至於森林之民是如何擊退惡魔，村民不得而知。

但是惡魔從此就再也沒從森林出現。他們至今依然保護著森林。

基於約定，村裡的小孩從小就被教育要感謝森林之民，可是絕對不能告訴任何人。
「居然說那個森林之民會破壞森林，根本是無稽之談。」
老婆婆這樣做了總結。
「原來如此，感謝您的說明。」
我不清楚她說的是真是假。畢竟傳說有大部分都是憑空杜撰。
但是，現在先假設森林之民就是斯佩路德族吧。
斯佩路德族的額頭有第三隻眼睛。那是可以感應到所有生物的一種魔眼。只要善加運用，區區眼睛看不見的魔物根本不算什麼。
斯佩路德族成功隱居此地，一直與村落共存。
然而，在半年或是一年前左右，悲劇發生了。他們因為疾病或是傷勢的影響無法狩獵，導致看不見的惡魔大量繁殖，無法完全鎮住牠們。
一直隱藏行蹤的斯佩路德族到了村裡買藥。
雖然如今沒人記得當初負責接洽的商人是誰，但消息已經走漏。
說森林裡出現一個形跡相當可疑的傢伙。
如果老婆婆說他們來求救這句話是真的，村民應該有回報他們。
只是，後來消息不知道為何遭到扭曲。
變成了昨天在酒館聽到的那段話。

「惡魔從森林裡出現。非得擊退他們不可」。

到底是出了什麼原因才會演變成現在的狀況？因為事情發生在一年前，懷疑到基斯頭上就太穿鑿附會了……但就算與他有關也很正常。

總之，我現在內心很肯定，斯佩路德族就住在森林深處。

不過，好啦。

我同時也產生了疑問。

為什麼我之前都不知道這件事？

我一直在尋找瑞傑路德。我身邊的人應該都知道才對。是所有人。

比方說，奧爾斯帝德也知道。

……如果斯佩路德族從那麼早以前就待在這裡，為什麼我會不知道這件事？

有去無回之森是一座寂靜的森林。

一般來說，這個世界的森林棲息著大量魔物。

儘管會根據森林的魔力濃度而定，但一天少說會遇上一次魔物。

尤其是魔木。魔木在這世上無所不在，但多半棲息在森林裡面。頻繁遭遇的次數，多到可以說所有森林都是魔木的巢穴。

然而，這座森林卻沒有那樣的感覺。

真的很安靜。

雖然有生物的氣息，但沒有魔物的氣息。整座森林靜謐，鴉雀無聲。

可以依稀感覺到鳥類與小動物的存在，但也僅此而已。

簡直就像是身處在惡夢當中。

「令人很不舒服呢。」

「是啊。」

香杜爾也感覺到這座森林不太對勁。

「……」

杜加默不吭聲，或許是他不覺得有哪裡古怪，也沒有環視周圍。

「……」

我們不發一語地走向森林深處。隨著愈走愈深，動物的氣息也陸續消失。

儘管有蟲子與鳥類，但沒有小動物。魔物更不用說。

我們愈往前走，樹木也愈來愈巨大，枝繁葉茂的巨樹遮住了天空。

在一片昏暗當中，會讓我湧起是不是只剩下我們還活著的錯覺，然而偶爾傳來的鳥囀，總令我猛然回神。

那個看不見的惡魔該不會現在也跟在我們後面吧……我湧起這種想法，回頭望去。

結果每次都和杜加木訥的眼神四目相接，想說或許是錯覺，重新轉向前方。

「哎呀。」

我不經意地望向路邊，發現了熟悉的石碑。

是七大列強的石碑。這塊石碑上的記號我以前一個都不認識……最近大致上都明白了。

排名似乎一如往常沒有變化。雖說劍神已經改朝換代，但記號沒有改變。

「原來在這種地方也有啊。」

「也不是什麼新鮮事吧。因為七大列強的石碑只會存在於魔力濃度有一定程度的場所。」

「喔喔……畢竟是魔道具嘛。」

話說他懂得真多耶。像這類魔道具只能設置在魔力濃度高的地方，其實沒什麼人知道。

不過，也不算什麼內行的情報。

「太陽差不多要下山了。我們就在這附近野營吧。」

「說得也是。好，杜加，去撿柴薪。」

「……哦。」

這天，我們決定在石碑附近野營。

為了以防萬一，我用土堡（Earth Fortress）做了帳篷，在裡面休息。

隔天。

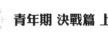

我們繼續往幽靜的森林深處前進。

此時，香杜爾像是突然想到似的這樣說道：

「這個感覺，和赤龍山脈很像呢。」

「你的意思是？」

「其他動物由於畏懼龍族，不敢貿然靠近。」

儘管魔物看起來面對人類總是不做他想就發動襲擊，但智能意外地高，多半不會靠近強大動物的地盤。

在這個森林深處，存在著地龍之谷。

地龍毫無疑問是強大的生物。

野生生物不會靠近那種危險地方，這是自然的法則。

「香杜爾先生，原來你曾去過赤龍山脈啊。」

「是到山腳那一帶而已。那裡也是這種感覺，愈靠近山脈，動物的氣息就愈來愈少。」

地龍會在山谷的岩牆上打造棲息之地。

基本上不會從山谷離開。儘管不會飛空，但會用土魔術在地上挖洞。

性情以龍族來說算溫馴。除非地盤遭到破壞，否則不會襲擊人類。

另外，牠們擁有不可思議的性質，面對從上方來的敵人漠不關心，但是從下方來的敵人則會發動猛烈攻擊。

順帶一提，據奧爾斯帝德所說，地龍是赤龍的天敵。不過彼此棲息的環境天差地別，因此這兩者幾乎不太可能碰上。

儘管接下來就要靠近那種對手，但危險不大。

總之只要別跌落谷底就不會有事。

「喔。」

或許是因為正在思考這件事吧，前方的視野突然拓展。

森林裡面，突然出現了陡峭的懸崖。

懸崖底部深不見底。到對岸的距離大約四五百公尺吧。

頓時陷入一種彷彿站上山頂的錯覺。

儘管我對山谷的知識並不多，但這個大小會令人聯想到大峽谷。

「這就是地龍之谷嗎？」

「應該是吧。雖然一路上順利地抵達了這裡……但接下來該怎麼做？」

「唔——」

我一邊煩惱，同時在左眼灌注魔力。

既然視野變得遼闊，就能使用千里眼。

總之先觀察谷底。雖然不清楚到谷底有多少公尺，但由於我還沒習慣魔眼的用法，立刻就看見了底部。谷底生長著發出蒼白光芒的苔蘚與菇類，附近有類似蜥蜴的生物在緩緩移動，背上有著類似岩石一樣的殼。
那就是地龍嗎？
與其說龍，感覺更像大王陸龜（Great Tortoise）。
因為有那個殼所以才能戰勝紅龍，也難怪牠會對上方的存在漠不關心。
是說，仔細一看，在谷底有許多地龍攀在岩牆上。令人有點不舒服。
我關閉魔眼，接著試著環視山谷周圍。
右手邊在能見的範圍內空無一物。
不久，視線遭到山崖與森林遮蔽。根據地圖顯示，地龍之谷是呈一直線，但實際上有些彎曲。看來地圖有誤啊。
左手邊。
這邊在能見範圍內也沒……啊，不對，等等。
「有吊橋。」
在峽谷較為狹窄的地方架著一座橋。
「原來如此，是在另一邊嗎？」
「我們去看看吧。」
情報販子還要再過七天才會給我們情報。
就算計算回程天數，再花個一兩天移動到裡面也不成問題。

這樣決定之後，我們沿著山谷邁出步伐。

吊橋十分簡陋。

感覺只是在山谷幅度狹窄的地方拉了兩條粗藤蔓，再把木板鋪在上面而已。

這種滿滿手製感的吊橋，令人對強度感到不安。

雖說很不放心，但如果是一個大人帶著行李過橋，似乎勉強撐得住。

「要過去嗎？」

可是如果身穿魔導鎧的我站上去，勢必會承受不住。

雖說就算墜落谷底也不要緊，但沒必要冒著掉下去的風險做這種愚蠢行為。

「不，我們還是別過這座橋吧。」

「那麼要折返嗎？」

「不，我們過別座橋。」

我這樣說著，同時站到懸崖邊。既然吊橋脆弱過不去，自己再造一座就好。

我把手放到地面，使用魔術把土翻起。

我用的魔術應用了土槍（Earth Lancer）的原理。

強度是就算我站上去也不成問題的那種。我以此為重點，製成延伸至對岸的巨槍。

「……呼。」

我釋放魔力後出現了土槍。

土槍無聲無息地延伸，刺進了山谷對側。聲音沒有傳回來。

我如法泡製再發出三根土槍。為了以防萬一，設成可以讓人擦肩而過的寬度。

接著在上面鋪上板子。

這也是土製的。我把堅固的板子一路鋪到對岸。

最後，以土魔術補強橋的基幹與背面，便大功告成。

至於扶手……就算了吧。

「真令人大開眼界。我雖然有聽過傳聞，但沒想到如此了得……」

我接受香杜爾的稱讚，但不能大意。

畢竟我沒有造橋的相關知識。雖然不至於邊敲邊過確保工程無誤，但如果會因為穿著魔導鎧而壞掉，就必須重新再造一座。

「總之，先把繩子給我吧。」

我將繩子牢牢綁在附近的樹上，緩緩地開始過橋。

走了幾步後，我用力地踩在橋上。石橋穩穩地承受了我的重量。

要是因為這樣而掉下去就很丟人現眼，但看來似乎沒問題。

我姑且將強度感覺比較脆弱的地方進行補強，同時緩緩過橋。

途中由於繩子長度不夠，我把香杜爾手上的拿來補上順利通過。

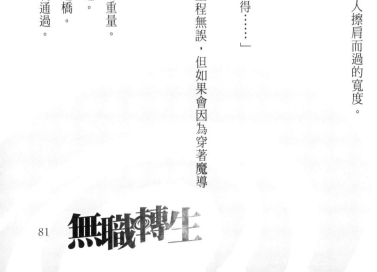

一條繩子大約為五十公尺，從大概兩條才勉強足夠這點來看，長度大概快一百公尺吧。雖然只有這裡的山谷幅度較為狹窄，但還是有這麼寬啊。

「好。」

我把繩子綁在樹上，向山谷另一邊送出信號。

香杜爾他們抓著繩子，不急不徐地慢慢過橋。

他們兩人同時走過來。難道不怕掉下去嗎？還是說他們很信任我？要是掉下去得立刻救他們才行……

「那麼，我們走吧。」

儘管我內心忐忑不安，但香杜爾他們倒是很輕鬆就走了過來。

「不過，從這裡開始似乎就必須小心了呢。」

香杜爾望向森林深處這樣說道。

昏暗的森林深處。那裡感覺與目前走過的森林有一項不同之處。

有魔物的氣息。

我們走沒一百公尺就遭到襲擊。

起初是聲音。猶如與樹葉摩擦沙沙作響的聲音。但因為這時也剛好起風，我沒想到魔物就在附近。感覺上是位在遠處的傢伙正在逐漸靠近。

還很遠。還不要緊。我這樣心想的下一瞬間，耳邊就響起了聲音。

「呼齁……呼齁……」

聽到這個聲音時，我的鼻子附近吹來了一股腥臭悶熱的味道。

有某種生物正貼在我身旁的樹幹上面。

說時遲那時快，樹木在瞬間彎曲，枝葉沙沙作響。

稍微遲了一下，有某種具有質量的物體掉在我背後。

「……！」

我反射性地回頭望去，看見了仰面倒在地上的杜加。

我只看到杜加。

然而，杜加的頭卻好似與他的意志無關那般不斷抖動，他的手則是抓著半空，像是在阻止控制自己頭的某種存在。

那裡有某種東西。

我這樣心想，下一瞬間我沒使用魔術，而是使出全力狠狠地痛揍杜加頭上的敵人。

以魔力強化過的魔導鎧之拳，將杜加頭上的對手轟飛。

手上殘留著肉與骨頭碎裂的觸感。

趴在杜加身上的某種生物撞上了樹幹，鮮血四濺。

血的顏色導致敵人的身形顯現。

是四腳獸。

儘管看不清詳細模樣，但確實有四條腿。

我反射性地向那傢伙補了一發岩砲彈，給牠致命一擊。

幾乎與此同時，我的背後咚一聲撞到某個東西。我急忙轉身，並試圖對那個東西釋放魔術……

「杜加！站起來！」

是香杜爾。

他像是要守護我的背後那般站在那裡。

「……哦！」

杜加挺起身子，從背後拔出斧頭，迅速站在我的正面。喂，這樣我看不見前面啦。

「是看不見的魔物！數量不明！杜加，別依賴眼睛，注意聲音！只需要應付眼前的敵人！請魯迪烏斯閣下使用魔術！以範圍魔術將牠們一併燃燒！」

香杜爾發出犀利指示。

真不愧是騎士團團長，判斷很迅速。看來他並不是空有頭銜。

我依言將魔力灌注在雙手。

用火魔術就好嗎？不對，在森林放火可不妙。到時滅火又得費一番工夫。

用水魔術吧。冰霜新星(Frost Nova)。

「…………唔！」

就在我要發動魔法的前一刻，僅在一瞬之間。

杜加在眼前行動。

他奮力揮動巨斧。

在深邃森林揮舞的巨大戰斧，在擊碎樹幹的同時往前直衝。

但是，沒有擊中敵人的手感。眼前木片四散，我感覺得到有某種東西穿過杜加的旁邊往我靠近。

魔導鎧沉重堅硬。

即使遭到魔物突進或是以爪牙攻擊，恐怕也無法傷我分毫。

我霎時這樣判斷，打算直接發動魔術……

「魯迪烏斯閣下！」

我遭到香杜爾撞飛。

就連反應的時間都沒有。

仔細一看，我的身旁插著一把槍。槍看起來很像插在半空中……不對，是把某種透明物體釘在地面。

是白色的槍。

非常白的，灰白色的槍。猶如某種生物骨頭的白槍。

啊啊，真是令人懷念的槍。
然後，像是要把槍回收那般，一名男子降落地面。
綠色頭髮。猶如罹病般白色的肌膚。類似雨披的民族服裝。
喔喔，沒錯。
只要看到背影就能明白，我不可能會認錯！
「瑞傑路德！」
我挺起身子，奮力將手攤開，同時這樣呼喊。
他拿起槍，朝我回頭望來。
「嗯？」
「…………奇怪？」
是不認識的長相。
他的臉很美形，儘管看起來很像瑞傑路德，但不是。我的瑞傑路德應該要更……像下巴那邊要像這樣……
「抱歉，我認錯人了。」
總覺得好令人喪氣。
儘管我某種程度上已經猜到會有其他斯佩路德族……但不是這位斯佩路德族啦。
糟糕，或許是因為我忘情地喊瑞傑路德的名字，臉好燙。

「……你認識瑞傑路德嗎？」

我不認識的斯佩路德族男子，一臉不可思議地這樣說道。

啊，不過也對。既然他也是斯佩路德族，肯定知道瑞傑路德。而且，就算他不是瑞傑路德也沒關係。

嗯。對於目前發生在畢黑利爾王國的問題來說，根本無關緊要。嗯。

「咦？啊，是的……我是他的伙伴……不對，朋友……算是恩人嗎？」

「你是他的客人嗎？那麼，跟我來吧。我帶你去見他。」

男子這樣說完，轉過身子。

「咦……請等一下，他在這裡嗎？」

「沒錯。」

那名斯佩路德族看著一臉茫然的我，理所當然地點了點頭。

## 第四話「斯佩路德族的村落」

那個村落與米格路德族的村子十分相像。

整個村落以大約兩公尺高的柵欄圍起，簡陋的小木屋在裡面依序排開。

小木屋附近有不算大的農地。

作物與米格路德族的不同，或許是因為土壤優沃，種植了各式各樣的蔬菜。

另外，在小木屋後面正在肢解野獸。

被剖開的是有著類白色毛皮的四腳獸。那就是看不見的魔物的真面目。

那些傢伙死後過了一段時間，似乎就會解除透明化，剛才襲擊我們的那隻也是過了一會兒後就染上顏色。

名字似乎叫做「透明狼（Invisible Wolf）」。

根本是直接拿來用。

在村落中央有湧泉，在那附近也有用大鍋子準備伙食的集團。

果然與米格路德族的文化相像。

但是，唯獨一點不同。

在米格路德族的村落，所有人的外表都像是國中生，天生就是一頭藍髮……但在這裡，所有人額頭都有紅色寶石，還有翡綠色的頭髮。

沒錯，是斯佩路德族。

所有人都是。

而且，我在這裡發現了令人驚愕的新事實。斯佩路德族的共同點除了翡綠色的頭髮以及額頭上有紅色寶石之外……個個都是美形。

所有人無一例外，都是美形。

不，我知道以這個世界的審美標準來說，比這更加深邃的長相才稱得上美形。

不過他們的長相就是俊美。

當然，雖然不是常說的纖瘦型帥哥，但所有人的五官都很端正。

像在那邊的中長髮年輕女孩就非常可愛。

她身材苗條，儘管身高沒那麼高，但肩膀那帶的肌肉相當結實，眼神很有霸氣，胸部也頗大，感覺就像是把艾莉絲與希露菲的優點加起來……

不，別誤會。這不是外遇，而是客觀的評價。

俊男美女的村落。實在太惡魔了。

森林之民是惡魔。證明完畢！

「真是可怕的村子。」

「…………哦。」

聽到我的低喃，杜加發出聲音附和。

從剛才開始，杜加就像藏在我身後那裡縮起一團。看來他很怕斯佩路德族。畢竟他是阿斯拉王國出身，想必也是聽著斯佩路德族是惡魔的故事長大。

我是很想否定他這個觀念啦……

斯佩路德族雖然以種族來說並不是壞人，但這個村落是否願意歡迎我們就另當別論。

現在還是別為了慰藉他而說那種話吧。

「好啦，我們會被帶到哪去呢？」

香杜爾倒是不怎麼害怕。

畢竟他出身於紛爭地帶，或許不太了解斯佩路德族的童話故事。面對這麼多斯佩路德族，他看起來反而顯得雀躍不已。

「剛才不是說過，要帶我們去找瑞傑路德嗎？」

「也不一定一開始就會帶我們到目的地。」

「……那麼，以一般模式來看，應該是去拜訪村長嗎？」

「如果要說一般模式，也有可能把我們帶去牢房……但感覺氣氛並沒有那麼緊繃。」

斯佩路德族的戰士只對我們拋下一句「跟我來」，然後就逕自走去。

我們依言傻傻地跟了過來，抵達了這個村落。

這段期間，彼此並沒有進行過像樣的會話。

「不過話又說回來，感覺村民似乎沒什麼精神。」

聽他這麼一說，斯佩路德族看起來確實顯得無精打采。

所有人臉色都莫名差，也有人一邊準備伙食一邊咳嗽。

不過，小孩倒是很有精神。一群長著尾巴的小孩你追我跑鬧成一團。

話說，斯佩路德族的小孩原來有尾巴啊……

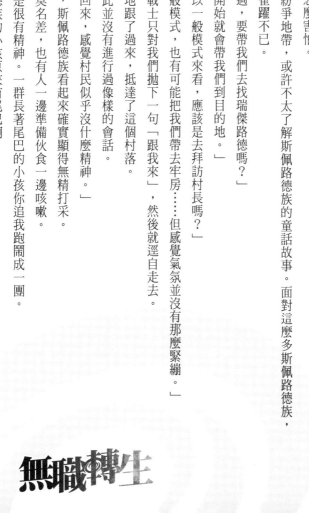

「以村落的規模來說，人數也顯得有些稀少。」
「不是因為他們出門狩獵嗎？」
「都在肢解獵物了，應該不是出門狩獵吧？」
「嗯，這樣講也對。」
既然才剛肢解四腳獸，表示他們剛出門打獵回來。
不過或許不是全村總動員，而是個別出外狩獵，那頭野獸也是可能事前保存起來的……
「果然是因為疫情嗎？」
我沒來由地覺得這裡有類似感冒的症狀蔓延。
儘管是因為收到了他們去買藥的消息才會有先入為主的觀念……但原因很可能與疾病類似。
是不是戴個口罩比較好？雖然我覺得只能戴個心安。
「在這邊，跟上。」
走在前頭的斯佩路德族催促我們前進，後來他帶我們到了一間民宅。
看起來是聚落中顯得最為老舊，同時也是這個村裡最大的房子，果然是走村長模式嗎？
「族長，我要進去了。我帶了瑞傑路德的客人過來。」
斯佩路德族的男子說了這麼一句話，便打開了民宅的門。
住家裡面是大廳。與其說是族長的家，感覺更類似講堂或會議場。

總之，裡面有五名斯佩路德族。
五個恐怕都是老人，比起帶我來到這裡的斯佩路德族，感覺他們給人的氛圍更加沉穩。
不過基本上，每個人都是綠髮白皮膚，長相美形。難以判斷年齡。
「唔。」
然後，五人當中的一人。
他看到我踏入室內的瞬間，就立刻起身。
熟悉的民族服裝、臉上的傷痕、白色的槍、似曾相識的護額。頭髮長長，已不再是光頭。
這次絕不會錯。
「瑞傑路德先生！」
我臉上自然地洋溢笑容。
儘管因為懷念之情而不禁想衝過去，但我強忍喜悅，踏出幾步後就停下雙腳。不過他看到我的臉後，反而露出了疑惑的表情。
「魯迪烏斯……是你嗎？」
難道他忘記我了？這樣我會非常傷心。
「……你忘記我了嗎？」
「不，因為你和我記憶中的長相有出入。」
「喔喔！原來如此，其實出於一些原因，我現在改變了樣貌。」

我脫下戒指，露出原本的長相，族長們頓時鼓譟起來。

不過，真虧他從剛才那張臉還認得出來……我是想這麼說，但應該歸功於斯佩路德族的第三隻眼吧。

「這樣啊，久違了。」

「嗯，真的。」

啊啊，真令人懷念。

有許多話想說。有許多事情想告訴他。像艾莉絲的事，以及保羅的事。

也有許多事情想問。像是這座村落的事，或是他一直以來都在做什麼。

……不，只要看了這座村落就能明白。

瑞傑路德終於找到了。

他終於找到了自己一直以來尋尋覓覓的存在。

「瑞傑路德先生……」

淚水差點奪眶而出。

與他的回憶湧上心頭。就是第一次遇見瑞傑路德時的事。我們相遇時，他是孤身一人。去了米格路德族那裡，和我們一起旅行，乍看之下雖然不是一個人，但他卻是孤獨的。

可是，瑞傑路德已經不再孤獨。

「那個，恭喜你。順利地找到了斯佩路德族。」

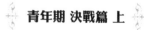

「是啊。」

瑞傑路德在點頭的同時瞇起眼睛，露出微笑。

身邊圍繞著許多同伴的瑞傑路德。

……儘管他身旁的四人看起來很冷酷，但身處其中的瑞傑路德看起來很幸福。

「不過魯迪烏斯……你為什麼會在這裡？」

喔喔，對了。不是沉浸在感傷的時候。現在該做的並不是敘舊。

「說來話長。我也有許多事情想請教你，方便借我一些時間嗎？」

我在會議場坐下，並以嚴肅表情這樣說道。

「……族長，可以嗎？」

坐在最裡面的人物所穿的服裝，花紋看起來比其他四人更加豪華。

想必那個人就是族長。他對瑞傑路德的提問面露難色。

「那個人族可以信任嗎？」

「可以。」

「那麼，我們就聽他說說吧。」

得到族長的許可，我們開始交換情報。

在我開始說明來意之前，瑞傑路德先告訴我他抵達這裡的過程。

事情發生在他把諾倫與愛夏送到我身邊之後。瑞傑路德後來為了尋找倖存的斯佩路德族踏上旅程。他打算輾轉流浪幾個國家，搜索中央大陸北部。

然而剛離開鎮上，巴迪岡迪就立刻追上他。

「那傢伙說，他知道斯佩路德族的倖存者在哪。」

瑞傑路德對這句話半信半疑。

但畢竟他也不知該去哪找人，決定暫且相信這句話……與巴迪岡迪兩個人旅行了幾年，最後終於抵達了畢黑利爾王國。

然後，巴迪岡迪帶他來到有去無回之森，找到了在地龍之谷深處生活的斯佩路德族。

斯佩路德族熱情地接納了瑞傑路德。他們似乎還提到過去戰爭的事情，經過一番交談，為當年的所作所為賠罪，不管怎麼樣，族人依舊熱情地接納了他。

於是瑞傑路德開始在這座村落定居，得到了安寧。

「然而，村子裡卻爆發了疫病。」

原因不明的疫病。

初期症狀類似感冒，但接著身體會開始脫力，原因不明地顫抖，額頭的眼睛會籠罩陰影，不久就會死去。當然，治癒魔術沒有效果。

瑞傑路德看到接連倒下的村民，為了尋找治療法而四處奔波。

儘管瑞傑路德自身也罹患這種疾病，可是為了拯救村裡的同胞，他依然挺著顫抖的身體，千里迢迢移動到第二都市伊雷爾。

然後，幸運地從行商那邊購入藥物。

目前，村落總算是慢慢恢復原本的狀況。

「不過，現在森林外面盛傳這座森林的惡魔將來調查的人趕盡殺絕耶？」

「想必是在疫病蔓延的時候，魔物跑到森林外面了吧。」

不過歸根究柢，斯佩路德族為什麼會在這種地方建立村落……原來那與地龍谷之村的老婆婆說過的話幾乎是相同理由。

數百年前，斯佩路德族被趕出魔大陸，輾轉流浪世界各地。他們無論走到哪都受到迫害，時而還遭到騎士團與軍隊追殺。過著這種生活的斯佩路德族難民只能避開平地，順著森林與山腳，尋找自己的樂園。

人族不會踏入的場所，斯佩路德族可以生活的土地。他們為了尋找這樣的地方不斷奔波，直到天涯海角。

最後，他們找到的就是這裡，位於地龍之谷另一端的「有去無回之森」。

地龍的存在使得大型魔物不會靠近，只有「看不見的魔物」棲息在這座森林。

當然，「透明狼」與一般魔物擁有相同強度的實力，再加上透明化這個最大的優勢，只須三隻就能輕鬆殲滅一般的冒險者隊伍。

然而，斯佩路德族能透過「眼睛」輕易發現看不見的魔物。而論及魔物強度，牠們也遠遠不及在魔大陸生存過的斯佩路德族。根本與家畜無異。

就這樣，斯佩路德族從此定居在有去無回之森。

當然，也曾經遇上麻煩。

即使是再怎麼沒人願意踏入的森林，既然靠近人類居住的場所，自然沒有絕對。

斯佩路德族開始在此生活一陣子後，森林附近建立了一座村子。村民開始頻繁地出入森林，有時甚至會跑到斯佩路德族的聚落附近。據說當時斯佩路德族的族長與人類立下約定，今後會減少魔物數量，不讓牠們跑去村子，同時也會保護在森林迷路的村民。

根據村子的傳說，據說先住在這裡的是人族村民……

但如果這是兩三百年前的事情，想必是村子的傳說有誤。

畢竟斯佩路德族這邊立下約定的人還活著。

總而言之，斯佩路德族與地龍之谷村保持適度距離，直到今天都相安無事。

然而，因為這場疫病的騷動，導致平衡被打破。

「國家打算毀滅這個村子。」

聽完瑞傑路德說的話後，我據實告訴他們畢黑利爾王國的傳言，以及這個國家的計畫。

「是嗎……」

聽到這個消息的族長等人，臉上露出沮喪神色。那並非「如果要毀滅我們，那就一戰吧」的表情，而是沮喪。就像是筋疲力盡那般垂頭喪氣，萬念俱灰的表情。

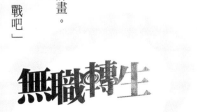

「這裡也不能待了嗎……」

「我們到底要住在哪裡才好……」

「要是沒有那場戰爭……」

看到族長等人臉色凝重，瑞傑路德的表情顯得很過意不去。

「抱歉……」

聽到瑞傑路德賠罪，族長等人慌張地搖頭否定。

「我們並非在責怪你，瑞傑路德。我們當時也都贊成跟隨拉普拉斯。」

「雖然也曾恨過，但當時一族所有人都以你們戰士團為傲，才會派你們出去參戰。大家都是同罪。」

「……但是，為什麼只有我們一族得受到這種對待。」

「拉普拉斯為什麼要這麼對待我們斯佩路德族……」

聽來悲天憫人的聲音，並不是在責怪任何人，也不是感到後悔。

男人的聲音，僅是對自己的現狀感到萬念俱灰。

已經無計可施。只能逃走。這樣的心情從他們的聲音、態度傳達了過來。

四百年前的戰爭。

那對人族而言是非常遙遠的往事。但是，如同轉移事件對我而言是個揮之不去的事件，對於斯佩路德族來說，拉普拉斯戰役或許是至今依舊尚未結束，持續不斷的惡夢。

「如果各位不介意，由我去和畢黑利爾王國交涉如何？」
我不禁脫口說出這句話。
「咦？」
「畢竟我是人族，也算是小有權威。斯佩路德族一直以來都在狩獵森林裡的危險魔物，守護人族的村落。這件事對畢黑利爾王國來說也有好處。只要好好解釋清楚，我想起碼會允許你們住在森林一隅才是。」
我很清楚自己該做什麼。
當務之急是打倒基斯。雖說將瑞傑路德拉攏為伙伴是計畫的一部分，但明明我是為了不被基斯發現才在暗地裡行動，做出這種會被發現的無謂舉動好嗎？
我不是沒這麼想過。
可是，因為這樣就要我對斯佩路德族見死不救嗎？
我一直以來販賣瑞傑路德人偶和繪本是為了什麼？
是因為我認為回復斯佩路德族的名聲，可以幫助瑞傑路德。
當然，我或許搞錯了優先順序。現在可能不該做這種事。
可是除了我，還有誰能拯救斯佩路德族度過這個難關呢？
「人族很討厭我們一族。怎麼可能會接納我們。」
「人族對於斯佩路德族的厭惡感，已經隨著時間慢慢變淡。由於畢黑利爾王國也願意接納與人族外型明顯不同的鬼族，應該不會那麼抗拒。而且米里斯教在這一帶的影響力應該不大，只要由我的手下在國內宣傳斯佩路德族的正面形象，同時也麻煩斯佩路德族的各位配合，我想應該會被接納才是。」

我滔滔不絕地說出內心想法。

至少畢黑利爾王國並沒有毀滅斯佩路德族的理由。

一旦斯佩路德族不在，透明狼就會從森林傾巢而出，毀滅一個村落。雖然不知道透明狼的移動範圍，但根據狀況，第二都市伊雷爾附近想必也會受到波及。

既然這樣，乾脆對斯佩路德族視而不見也行。

比起毀滅他們，這樣應該更有利。

「萬一畢黑利爾王國不行，也可以移住到與我關係密切的國家。」

阿斯拉王國……應該很難。再怎麼說，那個國家都盛行米里斯教。

但是，比方說阿斯拉王國北方的國境外面是一片廣大的森林。

那裡是不屬於任何國家的領地。

就算住在國內，若實際上沒發生災情，國內的米里斯教團也無法強烈反對。

再進一步說，北方森林也有與愛麗兒關係密切的盜賊集團。應該也可以拜託他們分享森林地區提供居處。

不過愛麗兒很有可能會巧妙地利用斯佩路德族……

「這麼做不要緊嗎？」

「重點是，這男人能夠信任嗎？」

「既然他是瑞傑路德的熟人……」

「可是，他所說的話根本無法相信。」

族長身邊的人開始異口同聲地爭論。吵鬧到無法想像與瑞傑路德是相同種族。由於種族特質看起來顯得年輕，很像是青年團在開會。

要是用錄影機拍下這樣的場景散布到人族社會，世人至少會了解他們根本不是惡魔吧……

「不需要現在立刻決定。」

討論到最後，族長這樣說道。

確實，要是突然冒出來的男人劈頭就提出這種事情，自然會感到混亂，也無法下決定。

「我明白了。我想，人族大概再過十六七天就會發動攻勢。現在還有交涉的時間，所以麻煩各位盡快做出決斷。」

就算現在交涉決裂，也只要由我來保護斯佩路德族的村子就好。

「……知道了。幾天內就會討論出結果。」

族長等人這樣說完，露出苦澀表情挺起身子。

「咦？我還沒有說來這裡的理由……」

「我們聽了剛才那番話，正處於混亂當中。加上太陽也快下山了。會議就暫時到這告一段落，我們想整理一下狀況。」

原來是準時下班嗎？真是優良企業。

「幫客人安排食宿。」

「由我來吧。」

算了，明天再說我來這裡的理由也不成問題。

不管怎麼樣，只要沒解決村裡的問題，我也沒辦法專心與基斯和人神戰鬥。

依序進行吧。等明天談到為什麼我會這麼提議時，再鄭重向他們說明就好。

我這樣心想，結束了與族長等人的會談。

當晚，我們被安排住進村裡的一間空屋。

杜加老實地待在屋裡，香杜爾則是興致勃勃地開始參觀夕陽時分的村子。

至於我，則是跑到瑞傑路德的家裡叨擾。

他在這個村子的立場似乎相當於顧問，住在村子深處的一間民宅。

家。瑞傑路德的家。

只是看著它，胸口就不由得發燙。因為瑞傑路德已經不需要漫無目的地旅行，過著持續遭到迫害的生活。

瑞傑路德的容身之處就在這裡。即使有段時間離開，只要回到這裡，就會有溫暖的被窩，以及笑著向他搭話的家人。

家真是好啊……啊，不行，快流淚了。

「坐吧。」

「是！」

家裡面很簡樸。

構造果然很類似米格路德族的家。以類似火爐的器具為中心鋪設毛皮，牆壁上掛著衣物。屋子裡被分成三個區域，而瑞傑路德走進了看似倉庫的地方。

由於那邊傳來水聲，想必是放著水瓶以及糧食的地方。

另外一邊是什麼地方？會是寢室嗎？

不過，感覺很單調啊。儘管地板鋪滿毛皮，但牆上木板卻毫無擺設。

明明可以掛上獵殺透明狼的戰利品啊……啊，掛在那道牆上的，是我給他的洛琪希項鍊。真令人懷念，原來他還留著啊。

可是……這房子真大。

「那個，瑞傑路德先生。」

「怎麼了？」

「你是一個人住在這個房子嗎？」

「是啊。」

一個人生活在這麼大的房子。

我不經意地想像了一下自己一個人住在現在的家。

寢室與現在相同。地下室也會和現在一樣塞滿了不必要的東西。廚房、餐廳及浴室還是會用到……但是客廳應該不會用吧。除此之外的房間也沒有用處。現在我家每個人的房間，都隨房間主人的喜好布置。那些都會變成冷清的空房。

如果是以前的我，想必會覺得那樣也沒關係，但現在的我無法忍受。

「……你不打算結婚嗎？」

「你覺得我有辦法嗎？」

啊，糟糕。這麼一說，瑞傑路德是親手把妻子與小孩……

那當然不會結婚吧。

「抱歉。」

「不用道歉。只是沒有對象罷了。我不會一直對從前的事情耿耿於懷。」

瑞傑路德露出微笑，在我面前坐下。

「你現在過得如何？」

瑞傑路德顯得很輕鬆自在。這種距離感……早知道會這樣，應該把艾莉絲帶來才對……

不，等一切塵埃落定再來就好。只要還活著，隨時都能見面。而為了能讓所有人都活下來，所有人都在行動。

「說來話長，沒關係嗎？」

本來打算明天再說，但還是先單獨跟瑞傑路德說一下吧。

因為我也迫不及待想告訴他。

「說給我聽吧。」

「好的。」

我開始敘述與瑞傑路德道別後的事情。妹妹她們的事、保羅死去的事、也與洛琪希結婚的事、與艾莉絲重逢、和她重修舊好的事。到這裡為止，瑞傑路德都以平穩的表情聽著。雖然聽到保羅的死訊，他臉色稍稍沉了一下，但或許是因為我沒有表現得特別悲傷，他並沒有多問。

他問的反而是關於艾莉絲的事。

「艾莉絲她，果然也染上戰士的疾病嗎？」

「……啊～不太清楚呢。我是覺得她現在依然有那個毛病。」

「不過話說回來，居然會娶三名妻子，真是有你的風格。已經有孩子了嗎？」

「是的，有四個。」

「這樣啊。」

他沒有說想看看。

但是，下次再帶他們過來吧。尤其是亞爾斯。我希望讓瑞傑路德看看我與艾莉絲的孩子。

不過，每件事都得等到打倒基斯之後再說。

「瑞傑路德先生。」

此時我端正坐姿。雖然順序前後顛倒，但接下來才是正題。

「我現在是龍神奧爾斯帝德的部下。」

我告訴他目前的狀況。

龍神奧爾斯帝德在許久以前就與人神敵對。我一開始雖然站在人神這邊，但人神卻打從一開始就想欺騙我。

人神認為我的子孫可能威脅到他，打算殺害我的家人。

但是，來自未來的我出現，在千鈞一髮之際阻止了這件事。

盛怒的人神提議要我與奧爾斯帝德戰鬥，我答應了這件事。

雖然我輸給奧爾斯帝德，但沒想到他意外是個好人，幫我擺脫了人神的控制。

自此之後，我就成為奧爾斯帝德的部下，持續在與人神對抗。

現在為了打倒會在八十年後復活的魔神拉普拉斯，正在招兵買馬。

儘管戰局目前一帆風順，但基斯卻投靠了人神那邊。

說明基斯的信，以及基斯有可能就在畢黑利爾王國。

為了阻止基斯，我將足以信賴的伙伴送到了畢黑利爾王國各處。

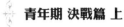

關於這部分，我毫無保留地告訴他，最後這樣說道：

「瑞傑路德先生。自從決定在將來與拉普拉斯一戰，我就一直在找你。請助我一臂……不，請和我一起戰鬥。」
我低頭拜託他。畢竟瑞傑路德也恨著拉普拉斯。
「……」
因此，我曾幻想過他認為這是理所當然，二話不說就答應這件事。
「…………」
然而，瑞傑路德卻沒有回答。他只是露出苦澀表情，別開視線。
「咦？」
我沒考慮過被拒絕的可能性。
我以為只要搬出拉普拉斯的名字，瑞傑路德雖然會像往常一樣面無表情，但就像在表示時機到來那樣說句「知道了」，點頭答應。
可是，我錯了。因為他移開了視線。這是表示拒絕的動作。
他的態度告訴我他不願意。
儘管我會覺得「不會吧？」，但同時也會覺得「說得也是」。
畢竟就是這樣。
因為他找到了斯佩路德族，找到了同胞。
他肯定恨著拉普拉斯。想必依然感到氣憤。可是，他的戰鬥已經結束了。
參加拉普拉斯戰役的最終決戰，對他擊出充滿恨意的一擊的那一刻，就已經結束了。

而且要補充的話，斯佩路德族現在正陷入危機。

在解決這件事前，他應該不會輕易答應任何事。

「是在擔心斯佩路德族村落的事情嗎？那麼請交給我處理。與瑞傑路德先生道別之後的這幾年，我也拓展了許多人脈，困難的事情對我也不成問題。」

「不是。」

看來不是。

但是，我還沒完全放棄。我希望他現在立刻答應，開始尋找用來說服他的理由。

拉普拉斯消失之後，他過著什麼樣的人生？瑞傑路德所追求的東西是什麼？是保護倖存的斯佩路德族嗎？保護好不容易找到的同胞？

這也是一部分。

可是，還有一個更大的理由。

「那麼，是想要恢復斯佩路德族的名譽嗎？這次與拉普拉斯的戰役，阿斯拉國王以及米里斯的神子都會參加。只要與他們並肩作戰的事實成立，也能恢復斯佩路德族的名譽──」

「不是。」

我以為肯定就是這個，卻輕易遭到否定。

「那麼，是為什麼……」

瑞傑路德不發一語地挺起身子。他那甚至令人感覺到殺氣的表情，顯得困惑且迷惘。

難道說，還有我不知道的其他理由嗎？

「魯迪烏斯，跟我來。」

瑞傑路德拿起掛在牆邊的槍，走向入口的方向。

我急忙起身，跟在他的後面。

或許是因為我們聊了很久，外頭已是一片漆黑。

儘管樹木的隙縫間隱約透著月光，但連腳邊都看不見。

瑞傑路德走出村外。

我從手上的捲軸取出燈火精靈，照亮周圍。

瑞傑路德就像是在表示不需要亮光那般走了幾分鐘，來到了森林中分外寬敞的廣場後停下腳步。

「魯迪烏斯。」

「是。」

接下來，我肯定會聽到不願聽到的話。

我有這樣的預感。腦海一隅湧現不安的預感，難道……

「在剛才的會議當中，有一個謊言。」

「……」

「無論族長，還是戰士長，都把那個謊言信以為真。」

「疫病根本沒有治好。藥沒有效果，村民的身體根本沒有好轉。」謊言。

我腦海中浮現在村裡咳嗽的那名女性。

從整個村子都能感受到疾病的氣息。香杜爾也提到村民的人數莫名稀少。

「現在只是在壓抑發病的速度。」

「……怎麼做到的？」

我這樣一問，瑞傑路德將手放在額頭上的護額。

「用這個。」

從護額下面出現的，當然是紅色寶石……不對。

是藍色。原本紅色的寶石變成了深藍色。

而且在周圍還覆蓋著黑色紋樣。該怎麼說，就好像是十四歲左右的小孩以左手塗鴉的那種紋樣。

「那……是？」

我之所以沒辦法開玩笑，是因為我察覺到瑞傑路德的氛圍，以及從那紋樣散發出來的不祥氣息。

或許是因為我也比以前來得更強，會對其他人的強度與危險性感覺更加敏感……

「現在，『冥王』畢塔附身在我的身體。」

冥王畢塔。

據說住在天大陸的迷宮「地獄」，是人神的使徒候補之一。

「冥王畢塔將自己的分身分給村裡的感染者。現在是依靠畢塔分身的力量，才使得疫病沒有進一步發作。」

「你……你說附身……這樣不要緊嗎？」

「我的身體沒有異常。只有疾病的惡化與症狀受到控制。」

「對方……有沒有說什麼？」

「沒有。」

奧爾斯帝德只有告訴我他的名字。我沒聽說他具體上長什麼樣子，擁有什麼樣的思想。原來他是會附身在他人身上的類型嗎？分身，也就是說，他是能夠分裂的生命體吧？或者是屬於細菌那類？

「可是，『冥王』畢塔應該住在天大陸的迷宮『地獄』……為什麼？」

「當村子陷入窮途末路時，有個男人帶著裝有畢塔的瓶子出現在我的面前。」

「那個男人……該不會是？」

「是基斯。」

真的是這樣。

「基斯說將來這個國家將會有一場大戰，希望我到時能助他一臂之力。」

「……」

「我答應了。儘管我對仰賴冥王畢塔那種來歷不明的生物抱持半信半疑的態度，但當時已經束手無策。而且實際上大家的病情都得到控制，順利得救。」

然後，瑞傑路德掛上自嘲的笑容。

「沒想到那場戰鬥，基斯的敵人居然是你……」

我的心臟劇烈跳動。

我明明稍微想過瑞傑路德與我為敵的可能性，但實際上真的變成這種狀況，還是感到無比激動。

「疫病並沒有痊癒。基斯說只要冥王畢塔一死，分身也會死去。到時候，村子將會再次遭到疫病侵蝕。」

「……」

「我非得和你戰鬥不可。」

瑞傑路德一如往常面無表情，以嚴肅氛圍這樣說道。

「我當然也不想與你為敵。要是沒有你，我不可能來到這裡。想必我現在依舊抱著愚蠢的想法，在魔大陸四處徘徊。」

「……我也覺得瑞傑路德先生對我有恩，我不想和你戰鬥。」

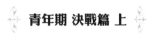

「我們非得戰鬥不可。以前，也曾經發生過這種事。」

「……也是呢。」

自己的恩人，成為了彼此的敵人。

要在這種鬱悶的心情下戰鬥，無論是誰死去，倖存下來的人都會留下巨大的遺憾。

這種事情，想必每次戰爭都會發生。

可是，這次的狀況應該不同。應該不是無論如何都得互相殘殺不可。

例外。沒錯，應該是例外。一定有迴避戰鬥的方法。要迴避這場戰鬥，只要戰鬥的原因消失就好。沒錯，只要解決原因……

原因是什麼……？奧爾斯帝德與人神？

確實是這樣，但事到如今，我不可能背叛奧爾斯帝德。

這是瑞傑路德與我之間的問題。瑞傑路德不得不與我戰鬥的理由。那就是伙伴，他是為了自己的同胞斯佩路德族。只要那群斯佩路德族消失……不對，別胡思亂想。

是疫病。

侵蝕斯佩路德族的疫病。只要找到治療方法，應該連斯佩路德族都會成為我們的伙伴。

「若是我能找到完全治癒疾病的方法，你願意背叛他們，加入我這邊嗎？」

我用背叛兩個字。

聽到這句話，瑞傑路德的表情稍稍變得有些嚴肅，對我投以強烈的視線。

但是，我沒有避開瑞傑路德的視線。

基斯先拉攏了瑞傑路德。可是，瑞傑路德卻將這件事告訴我。

如果他真的要站在基斯那邊，只要對此默不吭聲，直接殺了我就好。

正因為瑞傑路德也為此動搖，才會把我帶來這種地方，告訴我實情。

「……」

瑞傑路德歪起嘴角，眉頭深鎖開始沉思。

我認為自己是他的伙伴。他應該也是這麼想才對。

然而，對於救了同胞的基斯，以及下達這個指示的人神，瑞傑路德勢必覺得他們對自己有恩。因為瑞傑路德是個很講禮數的人。

「我剛才也說過了，我遭到人神背叛。不能保證斯佩路德族不會有同樣遭遇。基斯說他也曾經遭到背叛，因此讓自己的一族遭到趕盡殺絕。但即使如此，他依舊選擇服從人神。只要戰鬥結束，冥王畢塔很有可能會一走了之，到時斯佩路德族不管怎麼樣都會滅亡。」

就算我們認定人神對自己有恩，到頭來還是很有可能被他背叛。

人神就是這樣的傢伙。當然，這不過是帶有惡意的臆測。可是這種前例不勝枚舉，我必須先告訴瑞傑路德。

「……」

瑞傑路德不發一語。他默默地看著我。我也默默看著他。

暫時這樣凝視彼此一會兒後，瑞傑路德緩緩開口：
「假如真的有那樣的方法，好吧。我也想和你並肩作戰。」
「瑞傑路德先生……！」
我頓時鬆了口氣。
太好了。沒有就這樣演變成互相殘殺，實在太好了。
「但是，會有那樣的方法嗎？」
「奧爾斯帝德很了解這個世界的知識。只要問他或許有辦法。」
可是，奧爾斯帝德會願意告訴我嗎？
一直以來他都沒告訴我。連斯佩路德族就在這裡的事也沒告訴我。
不對，包含這部分在內，好好向他問個清楚吧。
至於是否要和瑞傑路德戰鬥，到時再決定就好。
「總之，應該有對策。在那之前請你別說要與我為敵，先給我一些時間。」
將問題往後延並不是什麼好事。
但是，等到知道沒有對策之後，再正式為敵也不遲。
「在基斯來之前，奧爾斯帝德曾來過一次。」
「咦？」
突然聽到這句話，我歪了歪脖子。

奧爾斯帝德來過？

「什麼時候？」

「大約兩年前，最初的患者出現的時候。」

「……」

「但是，那傢伙什麼也沒做。當然，我們並不知道那傢伙與你之間的關係，把他給趕跑了……但如果你說的話屬實，當時的奧爾斯帝德應該已經是你的伙伴。」

這是怎麼回事？到底是怎麼回事？

「奧爾斯帝德……真的可以信任嗎？」

奧爾斯帝德沒把斯佩路德族的事情告訴我。

本來還覺得有些微的可能是他不知道這件事，但若是瑞傑路德剛才說的是真的，這個可能性就徹底消失了。

信任。治療方法。辦不到，不曉得。

「可以。」

但是，我卻這樣回應。

奧爾斯帝德一直以來都對我善待有加。說不定這次的事情，也有他的理由。比方說，斯佩路德族將來會干擾奧爾斯帝德的計畫之類。

但是只要好好商量，應該也有可能妥善處理。至少，奧爾斯帝德明明來到這個村子，卻沒將斯佩路德族趕盡殺絕。說不定他原本是打著這樣的主意而來，卻沒有這麼做。
想必他對這部分有自己的想法。
「奧爾斯帝德可以信任。」
我和奧爾斯帝德一起走到今天，這點毋庸置疑。
確實，他的話並不多，偶爾也會沒有聯絡，但是為了打倒人神這個目標而行動的現在，他是可以信任的。
「我雖然不太喜歡這種講法，但你不用相信奧爾斯帝德，請你相信我。我絕對不會危害斯佩路德族。」
「……」
瑞傑路德轉向後方。
他環起雙臂，就這樣沉思了幾秒。突然，像是注意到什麼似的，抬頭仰望天空。上空看得見皎潔的明月。
「……唔！」
下一瞬間，他突然按住胸口部位，蹲了下來。
「瑞傑路德先生！」
出了什麼事？我這樣心想衝到他身邊，下一瞬間。
瑞傑路德突然抬頭，抓住了我的肩膀。

「……！」

不對勁。

瑞傑路德的臉起了異常變化。

他的眼睛變成深藍色。無論是眼白還是瞳眸，都變化成深藍色。

他半開著嘴巴，絲毫不像具有理性的表情。儘管額頭上的寶石變回紅色，但寶石周圍的紋樣卻發出了詭異的光芒。

看到這幕景象，我才會意過來。

「被操縱了嗎！」

糟糕。

即使聽他說過目前為止什麼都沒有發生，但不應該立刻說那番話才對。

我明明已經知道他現在遭到附身。

當我這樣想時已經慢了一步。瑞傑路德靠近我的臉。

吻了我。

同時，某種類似液體的東西侵入我的嘴裡，彷彿生物那般移動鑽進了我的喉嚨深處。

「唔哇……！」

我一躍而起。

「呼……呼……」

我一邊喘著大氣，同時環視周圍。

映入眼簾的是篝火，以及因篝火而浮現的陌生森林。月亮與星辰在空中綻放光芒，從遠處傳來了蟲鳴。

心臟怦咚怦咚地發出聲響。

是因為手部使力，或是在睡著的期間血液循環不好嗎，總覺得手臂很沒力，有種麻痺感。

嘴巴很乾，舌頭貼在下顎內側，感覺很不舒服。

「怎麼了嗎？」

我循聲轉動脖頸，發現眼前有位女性。

她單膝跪地坐在我身旁，露出一臉擔心表情。

柔順的金髮，好勝的眼神，身材絕稱不上曼妙，但也是修長帥氣，充滿魅力。

「……莎拉。」

「你突然驚醒，是作了惡夢嗎？」

「惡夢……啊，嗯。我也不曉得。」

我確實覺得作了奇怪的夢，可是卻想不起夢境的內容。雖然肯定是惡夢沒錯……算了，夢就是那樣吧。

「振作點啦。明天就要進去迷宮了，居然在這種時候睡眠不足，要是在正式探索時發呆，可不是鬧著玩的喔。」

「我知道啦。」

「算了，我也無法想像你會因為發呆害隊上的成員死去。」

莎拉呵呵笑著，坐到我旁邊。

然後，將肩膀靠過來。我將手繞過她的肩膀，把她的頭靠到我的肩上。

飄來一股好聞的味道。

「這次探索結束後，我們也要退休了呢。」

「是啊。」

我與莎拉是冒險者隊伍的成員，同時也是戀人，並且訂下了婚約。

而且這次迷宮探索過後，我們預定不再當冒險者，而是成為夫婦。

為什麼會和她發展成這種關係呢？

要說明這點不需要花很長的時間。

那是我才十三歲左右的時候……我遇上許多事情變得自暴自棄。儘管設法往前踏出步伐，但內心完全就是意志消沉，以猶如空殼的狀態在尋找塞妮絲。

這樣的我，當時決定與名為「Counter Arrow」的隊伍組隊。

當初再也不想與別人組隊的我，對他們相當冷淡。可是他們，尤其是隊長提摩西與蘇珊娜待我很親切，所以我有陣子和他們在同一個鎮上一起行動。

唯獨莎拉對我總是說話帶刺，但以某件事情為開端，狀況急轉直下。

講極端點，就是我救了她一命，她因此愛上了我。

我認為莎拉是積極的女性。表面上雖然板著一張臉，但不太會隱藏自己的好感，行動也很果斷。所以，我們在身體方面也很快就結合了。

與莎拉共度春宵時，我認為自己絕對還沒有那麼喜歡莎拉。

雖然在意她，但畢竟我在前世是個處男，應該有跟她拉開距離。

可能是因為這樣吧。我與她真的是很自然地談起戀愛。

容易退縮的我，與積極展開攻勢的她……

當然，我也覺得我們太早跨越最初的那條線，不過在那之後，我也逐漸地了解她，以不會勉強自己的速度喜歡上她。

所以才能維持長久。

這樣的我們成為了純真的情侶，並持續當個冒險者。

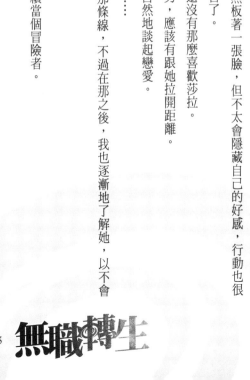

轉折點是在艾莉娜麗潔登場那時吧。

她告訴我塞妮絲還活著的消息，而且保羅、塔爾韓德與基斯等成員也為了拯救塞妮絲而行動。

聽到這個消息，我立刻下定決心去支援保羅。

我與莎拉脫離了「Counter Arrow」前往貝卡利特大陸，成功救出塞妮絲，然後回到這裡。

在那之後，塞妮絲告訴我「你要為自己的人生而活」，於是我就這樣與莎拉一起繼續當冒險者。

現在的我們，是攻略五座高難度迷宮的S級冒險者隊伍，名號威震全世界。

「噯，魯迪烏斯。」

「嗯？」

「呵呵，我只是叫一下。」

面露笑容的莎拉很惹人憐愛，我的手會下意識地伸向屁股。

莎拉沒有抗拒，而是接受了我頑皮的舉動。如果是以前肯定會被瞪，如今只算是經常會有的肌膚接觸。

我與莎拉凝視彼此，同時觸碰對方的身體，突然間，莎拉露出了不安的表情。

「……不當冒險者後，我們的生活能過得下去嗎？」

「怎麼現在才說這種話，妳會擔心嗎？」

「結婚後邁入家庭，就代表我要當母親吧？像料理、打掃或是洗衣之類……還有育兒，我都沒有自信能做好。」

「那些事情由我來做也可以啊，莎拉只要做自己擅長的事情就行。」
「是這樣嗎？」
「就是這樣。」
莎拉對建立家庭似乎還有不安。
因為她一直以來都是個冒險者，不曉得其他生活方式。可是現在卻突然要她成為妻子，成為母親，處理家事，自然會經常說出內心的不安。
雖說我也不是無法了解她的心情，但我是擁有前世記憶的轉生者。
就算是在我死去時的日本，也開始出現男女雙方都應該積極教育孩子的傾向。所以，我認為不用堅持讓家事都交給莎拉負責。
也可以由莎拉工作，而我當個家庭主夫。
不過雖然我拋出這種想法，莎拉似乎並沒有認同。
「將來的事情想再多也無濟於事。只能到時臨機應變，努力活下去。」
「雖然嘴上這麼說，但你只對結婚後的夜晚娛樂有興趣吧？」
「不不不，沒有這回事喔。」
「根本在說謊。你的臉很色喔。」
莎拉這樣說完，嘻嘻笑了。雖然講話的內容很那個，但語氣很穩重。
嗯，說實話，我當然也很期待結婚後在無人打擾的家裡，與莎拉兩人獨處做些色色的事情。

既然彼此是夫妻，處於生小孩也沒問題的環境，可說是完全解禁的狀態，我的小兒子想必也會為了生出保羅的孫子而努力。

「不過……」

當我正在猶豫該怎麼回答，莎拉將嘴巴靠到我耳邊，喃喃說道：

「我想生大約三個孩子呢。」

莎拉這樣說完，瞬間滿臉通紅，將臉別向旁邊。自己親口說這種話，或許還是有點難為情。

況且以莎拉來說這種引誘的方式相當露骨。

「那……那麼！我要去睡了！換你看守嘍！」

「了解，晚安。」

「晚安！」

語畢，莎拉輕輕捶了一下我的肩膀，走回自己的睡袋。

我意識到自己嘴角上揚，同時在火勢逐漸減弱的篝火丟入新的柴薪……

此時，我突然發現隊上一名應該已經睡著的成員，維持躺平的姿勢望著這邊。

「嗨。」

把明亮的長髮紮在脖頸後面的男人，緩緩挺起身子。

然後，有氣無力地朝著我舉手。

是保羅。

奇怪？保羅為什麼會在這種地方？他應該死了……

不對，他沒死。不可以隨便殺了他。在轉移迷宮救出塞妮絲後，保羅定居在阿斯拉王國，與塞妮絲一起為復興菲托亞領地盡一份心力。

保羅雖然爽快地送走說要成為冒險者的我，但他說這次的迷宮探索只靠我們很令人擔心，厚臉皮地跟了過來。嗯，確實是這種感覺。

「父親，偷看別人調情也太差勁了。」

「調情？你在說什麼夢話啊？」

「夢話……？」

「不過話說回來，剛才氣氛不錯嘛。你要和那女孩結婚嗎？」

「我是這樣打算。是說，介紹莎拉的時候，父親不是也在場嗎？」

「不，我不在場。」

怎麼可能不在。真奇怪，他是睡迷糊了嗎？

「比起那個，你啊，是不是忘了什麼？」

「忘了什麼？什麼意思？」

「你在和莎拉碰面前，為什麼會變得自暴自棄？」

「你說為什麼……那當然是……」

咦？是為什麼來著？

我記得，瑞傑路德送我到菲托亞領地，然後，早上起床後發現誰都不在……奇怪？可是瑞傑路德……

「哈，連這麼簡單的事情也想不起來嗎？真虧你敢大言不慚地說要結婚啊。」

聽到嘲諷話語，我不由得怒火中燒，起身走向保羅身邊。

「你從剛才開始就在說什麼啊？你是想說這種話才跟過來的嗎！」

「我想說的才不是這種話。」

「那你是為什麼……」

我抓住躺在地上的保羅衣襟……這個時候才注意到。

「看了還不明白嗎？」

保羅……沒有下半身。

★　★　★

「唔喔……！」

我一躍而起。

睜開眼睛的瞬間，映入眼簾的是熟悉的房間。

# 第二十四章 青年期 決戰篇 上

柔軟的毛毯、我的腳、寢室出口的門、吹進微風的半開窗戶。
我轉頭望去，看到以魔木種子做的枕頭。邊桌上放著自製的人偶。
這裡是我睡習慣的床。
我位在魔法都市夏利亞的家。
「呼……呼……」
總覺得好像作了怪夢。
「奇怪……？」
可是，我想不起那是什麼夢。
不過應該是惡夢。否則我不可能會從床上彈起。
算了，夢就是那樣吧。
「嗯……嗯……！」
我從床上下來，伸了個懶腰。
今天也是好天氣。再過一陣子夏天就會結束，秋天就會到來。實在很令人期待。
我邊這樣想著邊走下樓梯，看到兩個孩子來勢洶洶地衝上樓梯。
那兩個孩子有深褐色的頭髮，長著獸耳。
「別跌倒喔——」
「好——」

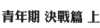

我目送孩子們衝進自己的房間後，走下一樓。
穿過走廊，前往餐廳。
餐廳裡有一名女性正在準備餐點。
以樸素的衣服包裹豐滿的肉體，但無法完全隱藏美麗的曲線，屁股部分露出了屁股肉以及尾巴。
我一進入房間，她立刻抖動尖耳轉頭望向這邊。
「早安，莉妮亞。」
「早安喵。」
她以愛理不理的聲音這樣回應。
我突然湧起作了討厭的夢時感覺到的那股莫名的不安，抱緊了她。
「莉妮亞！」
「嗚喵！」
莉妮亞是我的妻子。
我為什麼會和她結婚呢？
沒錯。仔細想想，是在學生時代。當時為了ＥＤ煩惱的我，使盡千方百計試圖治療自己的兒子。
此時出現的是莉妮亞與普露塞娜。她們兩人擁有年輕、水嫩，充滿了活力與野性的肢體。

我們起了爭執，將她們綁起來，全身扒光的時候，我的ＥＤ還沒有治好。

但是，從那之後過了一年、兩年，每當在學舍與餐廳碰面時，我們慢慢地意識到彼此。

後來，她們兩人開始露骨地誘惑我，我的兒子每當這個時候就會一點一點地取回反應。

而就在她們升上七年級的秋天，終於痊癒。

因為發情期而興奮的兩人，就像是在表示忍耐不住那般把我帶進房間的那天。

真令人懷念。那個晚上是我人生的高峰。

後來，莉妮亞與普露塞娜在畢業典禮當天進行決鬥，由普露塞娜拿下了勝利。普露塞娜回到了大森林，莉妮亞則來到我身邊。

此後每年秋天到來，我們就會孕育愛情結晶。

「呼嚇！」

「好痛！」

我抱住她後揉了揉胸部，手卻被抓傷了。

「不是發情期時禁止這麼做！我們是這樣決定的喵！」

「只是抱一抱又沒關係……」

「達令才不會只是抱抱就了事喵！妻子不是丈夫的性奴隸喵！」

「我才沒有那種想法……」

我嘆了口氣，失落地坐到桌前。

莉妮亞總是這個調調。堅守獸族的規定什麼的，只有在發情期的期間才會讓我做。

當然，到了發情期反而是她會主動誘惑我。

孩子很可愛，與發情期的莉妮亞從事生孩子的行為，也確實讓我滿足了性的欲求。

但是，該怎麼說，不是這樣。

應該再稍微有種，像是愛什麼的，為了確認那種感情，就算摸個身體也沒什麼吧。

「好啦——大家！飯煮好了，都下來喵！」

「好——！」

莉妮亞使勁敲打空鍋後，孩子們立刻從二樓衝下來。

不只剛才爬上樓的孩子，共有十二個人。

由於獸族一次會生雙胞胎或三胞胎，我們有許多孩子。因此我家的房間幾乎都被孩子們占領。

「快點吃，然後去工作喵！學生在等你了喵！」

「好好好。」

在莉妮亞的催促下，我開始吃早餐。

她的廚藝相當好。剛結婚時只會烤肉、煮魚還有燉蔬菜，但是這幾年來學會了好幾種夏利亞的家庭料理。

儘管調味有些淡，但那是與我的種族差異，這也是沒辦法的事。

「我吃飽了。」

「好。招待不周喵。」

用完早餐後，我一如往常換上長袍出門上班。

我在畢業的同時加入了魔術公會，現在擔任魔法大學的教師。

教導的是無詠唱的魔術課程。因為是實用性極高的術式，所以這堂課相當受歡迎。只要像這樣確立無詠唱魔術的授課方式，再由我的學生取得成果的話，將來當上副校長，甚至校長都不是夢。

「那麼，我出門嘍。」

「路上小心喵。」

我打完招呼後走向玄關。為了妻子與小孩，今天一天也要好好努力。

「嗯？」

突然，我看到通往客廳的門半開著。

裡面有人的氣息。

是非常令我懷念的氣息。

「……」

我就像受到引誘那般，打開了門。

裡面有名男子。

他背對著我，將單手繞到沙發後面坐在那裡。

他的後腦杓，在脖頸那帶紮著明亮的褐髮。

「……咦？」

男子轉頭望向這邊。

「嗨。」

是保羅。

他為什麼會在這種地方？他應該已經死……

啊，不對，他沒死。

他放棄攻略轉移迷宮，回到我這邊。然後，來到魔法都市夏利亞，住在這附近。嗯，的確是那樣。

莉莉雅、愛夏以及諾倫現在也都住在保羅家。

保羅雖然責備我沒有去幫忙，但現在也處得很好。

嗯，我記得應該是這種感覺。

「是個好太太啊。」

「說什麼好太太……你不是第一次見到她了吧？」

「不，我是第一次見到。」

保羅咧嘴一笑，揮了揮手否定。

「你啊，現在這樣好嗎？」

「什麼啦？你有什麼話想說嗎？」

「不，沒有啊？我沒什麼要說的。我只是在問你會不會感到不滿。」

「…………我沒有不滿。」

莉妮亞是個好老婆。當然，在一年裡面除了限定的期間以外，她連碰都不讓我碰這點，確實是會不滿沒錯……但那種事情根本沒什麼好抱怨的。

畢竟就快發情期了，到時她會瘋狂地黏著我，疼愛到我的身體承受不住的程度。然後也會生孩子，一次會生兩個或三個。可以滿足我身為男性的本能。儘管會有欲求不滿的時期，但只要想成一年份都濃縮在一個階段，就沒什麼大不了。

工作方面也很順利。

我在魔法大學是很受歡迎的教師。我的教法被評價為學校最高水準。

更何況也有許多學生仰慕我，教師們也對我抱有很深的信賴，很有可能出人頭地，前途是一片光明。

「這樣啊，你沒有不滿嗎？那是再好不過。」

「……對吧？」

「不過，你是不是忘了什麼？」

猶如在責備愚蠢的孩子那般，保羅以溫柔的聲音，持續說著像是責備我的話。

「比方說，想想你現在做的工作。你是因為模仿誰才讓自己受到學生與教師的歡迎啊？」

「那當然是……」

是誰來著？

一瞬間，感覺眼前閃過藍色的某個物體，一閃即逝。

但是，心裡的喧囂卻逐漸擴大。

「在這個世界可以混得不錯的方法，應該有人教過你吧？」

「……你從剛才開始到底想說什麼！有話就直接說啊！」

我直接把身體委身於焦躁情緒，靠近沙發。

繞到保羅前面，抓住他的衣襟。

此時，我的手僵住了。

「那麼，我就直說吧…………」

「我已經死嘍。」

保羅沒有下半身。

★
★
★

「唔哇！」

我從床上躍起。

「呼……呼……」

呼吸急促，喉嚨乾渴，整個背汗水淋漓。

好糟糕的夢。我作了難以置信的夢。那是什麼……那是什麼……

「好可怕的惡夢……」

「……怎麼了嗎？」

「啊，不，我作了有點奇怪的夢。在魔法大學就讀時……獸族裡面，有個叫莉妮亞的對吧？我作了和那傢伙結婚，甚至生了孩子的夢。我還當上了教師，教孩子們無詠唱魔術。」

「那算惡夢嗎？」

算是惡夢嗎？

聽她這樣一說，感覺也不算惡夢。與莉妮亞在一年當中的短期間為了生小孩瘋狂相愛，除此之外，每天都過著照顧孩子，教導學生魔術的生活。

雖然單純，但也算是建立了一個幸福的家庭。

但是——

「當然是惡夢。」

我這樣說著，睡眼惺忪地看著從附有天蓋的床走下來的愛妻。

她是美麗的女神。

個子不高也不矮，恰到好處。胸部不大也不小，剛剛好。

臀部雖然小了點，但與背部和胸部的大小正好吻合。整體看起來雖然苗條，但不胖也不瘦，給人的印象不會偏向任何一邊。

但是絕不會給出平庸這個感想。

那是體現了黃金比例這個名詞的完美肉體。

唯一不完美的地方，頂多是因為她剛睡醒，頭髮稍稍蓬亂了一些。

平常那柔順的美麗金髮，現在顯得有些凌亂。

但是，這絲毫不損她的魅力。披頭散髮反而證明她可以從事生殖行為，給予她新的魅力。

只要想到頭髮凌亂是因為昨晚與我從事的行為，性感魅力又增加了三成。

講極端點就是煽情。

「娶了如此出色的女性為妻，得到了所有想要的一切，處於這種立場的我為什麼非得去鄉下地方當個教師呢？」

「呵呵，你這是在誇獎我嗎？真會說話。」

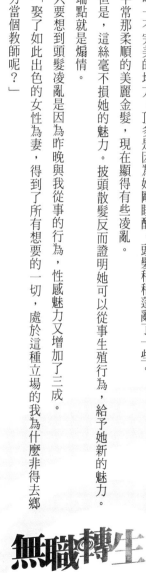

我的妻子。

愛麗兒‧阿涅摩伊‧阿斯拉。

她嘻嘻地著。

「可是，你說不定很憧憬那樣的生活喔。最近也有不少臨時政務吧？畢竟王族的生活絕對不算輕鬆。我們的工作無論多麼小的事情，都伴隨著巨大的責任，但我們未必能獲得與那巨大責任同等的幸福感。畢竟人們所感受到的幸福，並非那麼巨大。」

「是嗎？」

「在鄉下地方當個教師，被孩子們圍繞在身邊生活，與現在這樣作為王族生活，兩者在責任與幸福之間所感受到的平衡恐怕並不相同……比起我這樣的女人，那位叫莉妮亞的女孩，或許更符合你的喜好。」

說什麼傻話。

愛麗兒是最棒的女人。沒有任何缺點。要是我有不好的地方，她會委婉地告誡我，而且在人前也會顧及我的面子。在女性關係方面，她也不會多嘴，即使我廣納側室也會原諒我。而且她在工作上非常能幹，深深受到身邊的人信賴。

她是理想的上司，國民的偶像，就是這樣的女性。

不，或許還是有缺點。

她很容易講大道理，在感情上也過於理性。

還有，她的性癖也有些特殊。像昨晚也……算了，這部分先放到一邊。

不管怎麼樣，至少對我來說這不算缺點。

「啊，抱歉。是我說得太過分了嗎？」

「不，我只是在想或許就如妳所說的一樣。」

「如果你需要休假請告訴我一聲。畢竟最近國家局勢也比較穩定，稍微放鬆一下應該也無妨。去哪裡出個遠門……或是到側室那邊陪伴她們應該也不錯吧？」

「如果能休假，我想整天和妳翻雲覆雨。」

「真是的……老是在開玩笑。」

「這是真心話。」

從第一次與愛麗兒相愛之後，到底過了多久呢？

一開始我真的迎接了許多側室，以酒池肉林為目標，但最近沒有那個心思。

只要她一個人就好。

若是問我目前覺得最幸福的事情是什麼，想必是在床上對愛麗兒·阿涅摩伊·阿斯拉這名女性為所欲為的時候吧。

「那麼，下次我再空出那樣的時間吧。」

愛麗兒嘻嘻笑著，讓侍女們幫忙換上衣服。

我也從床上起身，攤開雙手。侍女見狀趕緊跑了過來。

看到兩名侍女分工合作，俐落地幫我換上衣服，才實際感覺到自己變得很了不起。

在魔法大學就讀的那陣子很令人懷念。

到魔法大學就讀之後，我遇見了愛麗兒。

愛麗兒在政爭中失利遭到國家追殺，依舊鍥而不捨地招兵買馬。

魔法大學當中唯一習得無詠唱魔術的我，受到了她的挖角。

雖然她美如天仙，擁有領袖魅力，但畢竟我剛好罹患ＥＤ，所以對她的態度很冷淡。

之所以改變相處方式，是因為她幫我把ＥＤ治好。

做法有點粗魯。她用媚藥硬是讓我興奮，再引誘我襲擊她。

當初，我沒發現那就是她的策略。

反而是因為自己幹下了天大的傻事，基於罪惡感與贖罪意識，成為了她的伙伴。

起初我的立場就類似戰鬥力高的護衛。本身並沒有被賦予什麼權限，只是為了守護愛麗兒的存在。後來立場會開始改變，果然是與愛麗兒近距離接觸之後吧。

愛麗兒很努力當一個王族。然而，她有時候會露出與年齡相符的少女表情。我慢慢地被那樣的她吸引。

儘管我不否認一開始是出於不軌念頭，但最終不只肉體，連她的心也吸引了我。

我與同事路克起過好幾次衝突。我想他肯定也喜歡著愛麗兒吧。

然而，路克在阿斯拉王國的決戰中犧牲，只留下我與愛麗兒。

最後我向愛麗兒告白，得到了一切。

全世界最棒的女性，以及全世界最大的國家……沒錯，我成為了阿斯拉王國的國王。

阿斯拉王，魯迪烏斯．阿涅摩伊．阿斯拉。

那就是我現在的名字。

但說穿了，其實是愛麗兒的附屬品，立場上與傀儡沒什麼兩樣。

理由只是因為比起愛麗兒以女王身分統治一切，這樣做更好辦事。

畢竟我的血統在阿斯拉王國本來就算相當高貴，所以誰也沒有對此說三道四。

魔導王魯迪烏斯。

世間似乎是這樣稱呼我。

要是升級的話，或許會變成超級魯迪烏斯。

不過，至於愛麗兒是否愛著我，其實就很難說了。我沒辦法斷定她並不是在利用我的能力以及立場。畢竟她之所以會和我結婚，歸根究柢也只是為了順利地治理國家。

由於我對這種地方感到不安，大量增加側室的也有一部分是因為這樣。

然而，最近我想通了，愛麗兒是不是真心愛著我根本無所謂。

愛麗兒自結婚之後，就一直表現出愛著我的態度。

她是個努力的人。想必是在努力讓自己愛著我吧。

說不定那是虛情假意，但這樣的行為至少讓我感到心滿意足。就算被她欺騙，我也被騙得很開心。

不過，一旦弊大於利，愛麗兒恐怕就會背叛我。

至於是否會變成那樣，就得視我的努力而定。

加油吧。

「好，我們走吧。今天要處理的政務也是堆積如山。」

「好的。」

我與愛麗兒並肩走出寢室。

守著入口的兩名騎士低頭送我們離開。不只是騎士。只要我走在走廊，任誰都會停下腳步低頭致意。

這就是權力。

如果我對某人說「你低頭的動作讓我不滿意」，那傢伙肯定會滿臉鐵青跪在地上。

到時哪怕要他舔我的腳，可能都會照做。

當然，我並不會做那種事，不過處於能這麼做的立場，實在令人覺得很痛快。

好啦，第一件工作，是處理昨晚發生的案件。

因為我昨晚沒有被臨時叫起來，應該不算緊急工作。

花兩個小時悠哉地處理這件事，在中午召集騎士團團長們開會。

用完餐後，接見事先約好時間的貴族們。下午就處理民眾的陳情書吧。想一下休假時的預定也不錯，也差不多想和愛麗兒生個孩子了。畢竟我的作用之一也包含種馬在內。
「陛下！」
當我正在胡思亂想，騎士團長衝了過來。
他立刻跪在我面前，大聲稟報。
「派去東邊森林討伐該處魔物的騎士回來了，但他身受致命傷！他希望在最後能直接見陛下一面！」
「咦！」
東邊森林出現魔物？
我之前有聽過這件事嗎？
「我們並沒收到這件報告呢。」
啊，對嘛。
「為了陛下戰鬥的騎士即將死去！請陛下務必，務必傾聽他最後的願望。」
「老公，沒有這個必要。」
愛麗兒很冷淡。
不過，反正今天不是特別忙。
「不，就見他一面吧。」
既然是為了國家戰鬥的騎士，好歹聽聽他最後的願望吧。聽了名字後，把他記在腦海吧。

要。

我抱著這種想法，急忙前往晉見之間。

愛麗兒雖然感覺很不滿，但沒有持續擺出那樣的表情，而是跟著我移動。

晉見之間聚集了我的部下。

諾托斯公、伯雷亞斯公、艾烏洛斯公以及澤費洛斯公。還有其他阿斯拉王國貴族等達官顯

有個男人就像是被他們包圍那般，在紅色天鵝絨地毯上等候。

他躺在擔架上，身上蓋著毛毯。

我對那張臉有印象。

「咦……？」

是保羅。

保羅為什麼會在這裡？

喔喔，對了。保羅聽說我要當上國王，率先成為我的屬下。

儘管他與諾托斯之間的關係很差，卻不惜對老家低頭，也打算以騎士身分保護我。

「嗨，魯迪。」

保羅一派輕鬆地舉手向我打招呼，彷彿根本沒有受傷。

「父親……騎士團長說，你幫忙擊退了魔物……」

「魔物？你在說什麼啊？」

「咦？」
看到我歪頭一臉疑惑，保羅聳了聳肩表現出無奈神色。
「我來並不是因為那種理由。」
「所以我才問這是在做什麼……唔！」
話語未落，保羅就把毛毯甩開。
他沒有下半身。
儘管受了明顯已經斃命的傷勢，保羅卻不以為意地說道：
「繼續講剛才的事吧。」

★　★　★

「哇！」
我清醒了。
作了惡夢。是惡夢。總覺得這幾天一直在作惡夢。
「老公，你怎麼了？」
我以手掌擦拭額頭上的汗水後，身旁的女性向我搭話。
豐滿的肉體，早熟的笑容。她是我的妻子，愛夏。

我與她，呃，我們是怎麼結婚的來著？

我記得，應該……呃，是因為進浴室洗澡時一時把持不住。畢竟愛夏每天都會誘惑我，身材也是每年……可是，奇怪？

「噯，怎麼了嗎……？啊，在結婚之後，也叫你哥哥比較好嗎？真是拿你沒辦法，哥哥真的是變態呢。」

「……」

……愛夏的身後是保羅。失去下半身的保羅，坐在椅子上。

他看著這邊，露出不懷好意的笑容。

「沒用的，已經掌握到了。你也心知肚明了吧？」

保羅這樣低喃。

他說我心知肚明。

嗯，對，說得沒錯。我差不多也明白了。

作著一連串惡夢的理由。

一直覺得不對勁的這種感覺。

從剛才開始，我就清醒過好幾次。全都是夢。

那麼，這也是夢。

「你總算察覺了嗎？『冥王』畢塔，你的鬧劇結束了。」

冥王。沒錯，冥王畢塔。

我想起來了。

★★★

回過神來，我待在自己的房間。

我待在魔法都市夏利亞，一間大宅邸內的我的書房。桌上散落著日記或是魔術書，架上擺著刻有魔法陣的石板，以及製作到一半的人偶。

我站在房間中央，保羅坐在書房的椅子上。

雖說坐在椅子上看不出來，但他肯定沒有下半身吧。

因為保羅已經死了。

在貝卡利特大陸，轉移迷宮的最深處，遭到魔石多頭龍奪走下半身而死。

是因為我一時大意。

「……你就是『冥王』畢塔嗎？」

我這樣說完，保羅頓時傻眼。

「怎麼可能啊。如果我是『冥王』畢塔，還會讓你從夢中醒來嗎？」

「啊，是……」

說得也是。

「『冥王』畢塔已經被逼到絕境了。」

「這件事先擺在一旁，你到底是誰？」

「喂喂，看不出來嗎？你忘記自己父親長什麼樣子嗎？」

「不是，畢竟你死後也過好一陣子了。」

「真是無情啊。可別忘了我啊。」

保羅這樣說完笑了出來。那張笑臉，與我記憶中的保羅如出一轍，只是看到這幕景象，就令我鼻頭為之一酸。啊，糟糕，快哭了。

保羅立刻擺回嚴肅表情，凝視我背後的房門。

「『冥王』畢塔已經被逼到走投無路。你要找出位於這間宅邸某處的不協調感，破壞它。那個就是畢塔的核心。」

「……知道了！」

我不知道這個保羅是什麼人。

但是，起碼不是敵人。雖然既沒證據也沒根據，但我是這樣認為。

說不定這才是「冥王」畢塔的策略，但要是保羅不在，我恐怕就會一直作著幸福的美夢。

我下定決心後走出書房。

熟悉的走廊。

是我位在魔法都市夏利亞的家。
與希露菲結婚時買的家。與札諾巴及克里夫一同探險，找到奇怪人偶的館邸。
後來，我接了兩個妹妹一起住，與洛琪希結婚，也與艾莉絲結婚。
和三名妻子共同生活，是我的理想鄉。
應該沒有錯。雖然腦袋現在依然亂成一團，但這件事應該毋庸置疑。
我穿過走廊，移動到客廳。
「魯迪烏斯少爺。」
映入眼簾的，是正在打掃房間的莉莉雅。
她把抹布拿在手上，擦拭著暖爐旁的桌子。
「請問有什麼事嗎？」
「……不，每次都麻煩妳打掃，對妳很過意不去。」
我說完這句話，莉莉雅維持了一會兒錯愕的表情。但是，立刻嘻嘻笑了出來。
「既然魯迪烏斯少爺都這麼說了，請您偶爾也親自整理一下自己的書房。畢竟魯迪烏斯大人的房間，有許多是我不知道該不該碰的東西。」
她這樣回應。
「哈哈，我會注意的。」
沒有哪裡不對勁。如果是莉莉雅，想必也會說這種話。

儘管嘴上這樣講，但莉莉雅不會真的感到困擾，也不會想讓我自己打掃。這是一種心靈上的交流。何況就算莉莉雅不清楚哪個東西能碰，愛夏也會知道。

「話說回來，其他人呢？」

「諾倫小姐在學校，愛夏在傭兵團做顧問的工作。」

沒有哪裡不對勁。

她之所以沒提及我那三位老婆，是因為這個世界沒有希露菲、洛琪希以及艾莉絲。

不知為何，我很肯定是這樣的世界。

所以沒有哪裡不對勁。或許有矛盾，但並非有哪裡不對勁。

看來不是莉莉雅。

「我明白了，謝謝妳。」

語畢，我離開客廳。

就算來到玄關，果然也沒有哪裡不對勁。頂多是沒有洛琪希的外套和艾莉絲的木刀而已。因為洛琪希與艾莉絲都不在，這也是理所當然。

唔——要找出不協調感還真難啊。

畢竟這是要看個人主觀想法，而且不可能剛好出現那麼明顯的不協調感。

雖說要我注意觀察，但我不太擅長玩這種找錯遊戲。比方說希露菲去了美容院後問我「魯迪，你不覺得今天的我有哪裡不一樣嗎？」，一時之間我也答不出來。不對，希露菲也不太會說那種話。

不管怎麼樣，這下子或許只能專心觀察，仔細地在筆記本上做筆記，慢慢地找出敵人的目的與不協調感在哪。

我抱著這種想法，移動到餐廳。

「……！」

我在那裡找到了。

不協調感。

「這樣……太狡猾了吧……」

仔細想想，我至今所看到的各種夢境，該怎麼說，算是我的一種妄想。是把我曾經隱約覺得「如果這樣也不錯」的事情具現化的場景。

ＥＤ沒有發作，與莎拉感情變好的世界。

莉妮亞幫我治好ＥＤ，就這樣與她結婚的世界。

與絕世美女愛麗兒發展成戀愛關係，就這樣稱王的世界。

與愛夏發生了許多事情的世界。

最後那個，嗯，雖然我曾沒想過要是這樣也不錯，但沒理由斷定絕不可能。儘管因為她是妹妹，對她沒什麼性方面的衝動，但這件事與我喜歡愛夏這個人什麼的，又是另當別論。

不管怎麼樣，至今所看到的，都是照我的想像所發展的美好世界。

自然不會覺得不對勁。

直到在各個世界面對矛盾之前，我甚至不覺得奇怪。

但是在這個家，前提不一樣。畢竟保羅一開始就在，我也取回了記憶。

所以，看到的瞬間我就明白了。

「啊，魯迪你回來啦？今天還真早呢。」

塞妮絲正在準備飯菜。

餐桌上鋪著家族人數的餐巾，擺著盤子與杯子。

「……」

「怎麼啦？一臉奇怪的表情……啊，對了。既然你這麼早回來，這樣正好。其實啊……

鏘～！」

塞妮絲看起來很有精神。

比我記憶中的塞妮絲稍微老了一些，可是與我的記憶相同，是在菲托亞領地那時的，元氣十足的塞妮絲。

「魯迪，你明明已經老大不小了，卻從來沒和人談過戀愛。所以，媽媽努力地幫你找到了結婚對象！」

塞妮絲這樣說完，讓我看畫有女性圖畫的板子。也就是所謂的相親照。

我對上面畫的女性有印象。

記得她是魔術公會的職員之一，是拉諾亞王國的貴族四女。因為比其他女兒更有魔術方面的才能，所以進入魔法大學就讀，但老家在她在學期間逐漸沒落，導致她無法回家，所以才加入了魔術公會。

「話雖如此，她其實與魯迪一樣都是公會的人。我一說現在在幫魯迪找結婚對象，對方也很感興趣。可是，魯迪你好像不太喜歡政略結婚那類的吧？可是我覺得那是心情上的問題，而且向本人說了之後，她好像也不是完全沒那個意思……」

塞妮絲看起來非常開心地聊著這件事。

如果——

如果塞妮絲沒有在轉移迷宮遇上那種事，我也沒有和希露菲及洛琪希結婚，然後直到現在都沒和女性談過戀愛的話。

塞妮絲肯定會像這樣為我操心吧。

而且，只要我答應這件事，她勢必會如同少女那般開心，鼓起幹勁談好這門婚事。

或者，要是希露菲就住在附近，她說不定會用盡一切手段讓我和希露菲在一起。

「如何，魯迪？是個不錯的小姐吧？要見面看看嗎？」

「嗯。」

「太好了。那我先去跟對方說一聲喔！唉——愛夏也是這樣，你們兄妹真的對那種事情很生疏，害我很擔心喔。唯一會談到戀愛話題的人只有諾倫呢。」

「嗯，是啊。」

「因為你是保羅的兒子，我還以為你的女性關係會更加複雜……但是對女孩子要慎重一點喔！」

塞妮絲這樣說完，又繼續擺設餐桌。

「因為，我也是，母親的兒子……」

我將灌注魔力的指頭朝著塞妮絲，全身僵硬。

不僅手在顫抖，眼睛也幾乎要泛出淚水。

到頭來，我沒辦法動手，塞妮絲就這樣走向廚房消失而去。

從那之後過了幾天。

沒有下半身的保羅一直待在書房。

「找到哪裡不對勁了嗎？如果找到就快點破壞掉。」他用和生前的保羅相同的語氣說道，但他一知道不協調感的源頭是塞妮絲後，就沒再多說一句話。

看樣子在這個世界的我，似乎是隸屬於魔術公會的魔術師之一。

與莉妮亞那時一樣。

至於不同的地方，頂多是平安救出了塞妮絲吧。保羅當然已經死了。

這個家似乎是諾倫她們來到魔法都市時購入的。為了當作保羅他們哪天回來時有個容身之處。

我會去魔術公會工作，到了傍晚回家，與母親和妹妹們一起圍在餐桌。

假如前世的我在某個時間點擺脫家裡蹲的身分，成功就職的話，說不定會過著像這種感覺的規律生活。我每天都這樣認為。

在這段期間，相親也確實在順利進行。

我們平安地結束碰面。

或許是因為她是同一個職場的女性，彼此又是前輩後輩的關係，所以我們某種程度上算了解彼此，後來事情進展得相當快速。

她好像在就讀魔法大學時就知道我是誰，對我抱有些許好感。

儘管我沒有印象，但聽說她在餐廳被奇怪的男人纏上時，我曾經出手相救。

儘管看起來給人的印象安靜又不起眼，但其實相當聰明，深思熟慮，是個很細心的女孩。

或者說，若以戀愛對象來看或許是缺乏魅力，但若是以結婚對象看待，是個再合適不過的對象。

自第一次相親碰面後我們約了兩次會，第三次我就求婚，而她也接受了。

我把這件事向塞妮絲報告後，我們家猶如祭典一樣在歡喜中度過。

後來，結婚的準備也在順利進行。

所幸我們家很大，房間也還綽有餘裕，要迎接作為妻子的女性進我們家門並非不可能，所以我就直接請她嫁進來。

最重要的是，塞妮絲希望這麼做。

她雀躍地跟莉莉雅說，等魯迪的新娘子住進來就要一起做這個做那個。

結婚前一晚，不管塞妮絲還是莉莉雅，兩個人都非常雀躍，鬧成一團。

諾倫與愛夏雖然直到中途還奉陪她們倆，但最後就對她們的行為傻眼自行睡去。

我雖然留下來奉陪她們兩人，但不久後莉莉雅或許是喝多了，她也睡著了。

塞妮絲失去能陪她胡鬧的對象，一個人小口小口地喝著酒，同時說著我小時候是怎麼樣之類。

後來，她突然說道：

「總覺得如釋重負呢。」

「我是重負嗎？」

「不，不是那樣喔。保羅在轉移迷宮死掉之後，魯迪就一直設法照顧我們對吧？可是，畢竟我是魯迪的母親，我認為不應該受你照顧，而是得由我照顧你才對……而現在，我覺得自己總算辦到了。」

「原來如此。」

「魯迪。結婚之後，要是新娘子的心情不好，或是不知道該如何對待女孩子，就來問我吧。

雖然肯定是保羅教得比較好，但我好歹也是魯迪的母親，一定能給你建議的。」

塞妮絲或許是稍微有點難為情吧，她一邊摸著睡在旁邊的莉莉雅的頭，同時這樣說道。

「……」

「哎呀，真是的，魯迪，你怎麼了？」

不知不覺間，從我的眼睛撲簌簌地流下淚水。

目前為止，畢塔讓我作的夢，全都是幸福的。這次也是如此。

要是我沒有「想起來」，肯定會在這個世界度過幸福的每一天吧。

如果是艾莉絲與希露菲不在的世界，我一定還是處男，會因為初次交到女朋友，娶了太太而欣喜若狂，會令兩個妹妹覺得不舒服，或是受到塞妮絲安慰吧。

我的心情肯定會因此起伏，逐漸地成長。不過，也是有可能鑄下大錯而離婚就是……

我在這個世界，想必會過著沒有任何不便，所有家人都幸福的生活。

我知道會這樣。我打從心底認為絕對會是那樣。

所以，這一定是畢塔最後的抵抗。

就算我已經想起來，知道這是一場夢，但他為了讓夢境不遭到破壞，才會製造出這樣的幻覺。而且，他非常確信如果是塞妮絲的模樣，我絕對不會下手破壞。

實際上，我一直在觀察狀況。

看到塞妮絲宛如以前那樣歡笑。

讓我覺得，就這樣下去其實也沒什麼不好。
沒錯。我沒辦法殺死塞妮絲。
可是啊，畢塔。
我已經想起來了啊。
想起不在這裡的希露菲、洛琪希，以及艾莉絲。還有她們生下來的，精神飽滿的那群孩子。
現在的我，拚了命努力才得到的，無可取代的，幸福的家庭。
那些我最重要的事物。
而且，塞妮絲與保羅不同。儘管她處於類似植物人的狀態，但並沒有死。
我已經知道這件事了。
雖然她很難好好地回答我，但如果是透過神子，當希露菲心情不好的時候，洛琪希鬧彆扭的時候，或是艾莉絲大發雷霆的時候，我都有辦法找她商量。
塞妮絲雖然不會再笑，但一定會開心地陪我商量。
所以，該結束了。
這個會令我想一直沉浸在其中的夢。開朗又溫柔的，塞妮絲的夢。
我舉手朝向塞妮絲，碰了她的頭。
「媽媽，一直以來謝謝妳。」

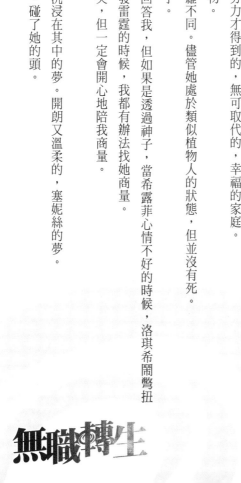

然後將灌注全力的岩砲彈（Stone Cannon），擊向塞妮絲。

★ ★ ★

總覺得作了非常悲傷的夢。

雖然畢塔那傢伙讓我看到那種東西，但相反的，我內心卻沒有湧起憤怒情緒。

一定是因為最後那場夢的內容，實在太過溫柔吧。

正因為這樣才令人悲傷。

可是我很冷靜，冷靜到連自己也覺得不可思議。

「……」

我環視周圍。

是陌生的房間。沒有門，有三張椅子。雖然沒有其他家具，但整體感覺很凌亂。

以感覺來說，與我的房間很相像嗎？

我生前的房間與我現在的書房。兩個加起來除於二那種感覺。

我位在這樣的房間，坐在一張椅子上。

眼前有兩個人。不對，是兩個非人的物體嗎？

其中一個是骸骨。戴著王冠，整體顯黑的骯髒骸骨。
另外一隻是史萊姆。
大概是史萊姆吧。外形猶如藍色果凍的物體坐在椅子上。
至少看起來是坐著沒錯。
「初次見面。我就是『冥王』畢塔。」
史萊姆說話了。
半透明的藍色史萊姆。看來那就是冥王畢塔的真面目。
「你就是畢塔嗎？」
那麼，另外一個骸骨是什麼人？
應該不是保羅吧……？
我不記得保羅的骨格是什麼模樣，但那種王冠不適合保羅。
「這場戰鬥是我輸了。」
史萊姆擺出一本正經的表情……不對，我不知道臉長在哪裡。他以一本正經的聲音這樣說道。
既然他說輸了，表示那果然是戰鬥嗎？
雖然現在依舊還有一種飄飄然，難以言喻的感覺。
但為了從那場夢中逃脫的行動，似乎算是戰鬥沒錯。

「……所以你用了幻術或是其他能力，讓我看到了幻覺對吧。」

他讓我作了夢。

那是非常幸福的夢。要是我沒有發現，就會永遠持續下去的幸福夢境。

「沒錯。我從你的記憶當中，預測了可能發生的未來，接著再混進你的慾望，形成最高級的幻覺。」

是幻術嗎？原來還有這樣的招式啊。

可能發生的未來……說是這樣說，但仔細想想其實有很多漏洞。在希露菲、洛琪希以及艾莉絲都不在的世界，已經死去的保羅卻經常出現。

「因為你的性慾非常強，夢境內容很簡單。」

「畢竟我正在禁慾。」

討厭啦，好丟臉喔。

對象是莎拉、莉妮亞、愛麗兒和愛夏，更教人感到羞恥。

確實，是有一點點啦。若說我絲毫沒有那種心情，或許是騙人的。不對，不可能，我對愛夏沒那種感覺，我說沒有就是沒有！

「可是，我對妻子的思念，以及對保羅的回憶，使得我打破這個幻術嗎？」

像這種幻術系招式，我在前世的世界也看過幾次。雖說主要是從漫畫學來的……總之，我知道好幾種破解的方法。

想必是我下意識地運用了這份知識，才得到這次的結果吧。

「…………不，怎麼可能。你完全中了幻術。的確，因為你是特殊的精神體，所以墜入幻術的深度很淺……可是一旦確實中招，就絕對破解不了。」

奇怪？

「那我為什麼破解了？」

「那是……因為這個。」

畢塔指著的地方，是那具骸骨。

坐姿非常端正的骸骨。

「這是？」

「不需要明知故問……你預測會與我一戰，打從一開始就準備好了吧？就是我的天敵『拉克薩斯』的『骨戒』。」

「…………」

「仔細想想，你在瑞傑路德面前像是在炫耀那般取下變裝戒指，也是為了隱藏左手的戒指啊……」

拉克薩斯的骨戒。我不記得有準備那種東……

死神拉克薩斯……是死神的戒指嗎！

是藍道夫給我的那個！我有戴！確實有戴！

「拉克薩斯的骨戒，是死神拉克薩斯為了殺我而做的戒指。會化身為最值得信賴的亡者來破解幻術，讓術者無處可逃，進而逼到絕境。不過，要是沒有值得信賴的亡者，那枚戒指也不會發動……」

值得信賴的亡者……也就是說，在夢中突然出現的保羅，其實是骨戒的效果嘍？

確實，保羅的模樣令人衝擊，所以才幫我點出這裡與現實並不相同。

我注意到這裡是夢後，他也提示我該如何將畢塔逼到絕境。

原來那不是因為畢塔的幻術漏洞百出啊。

「我似乎有點太小看你了。最後也是，我以為會再更順利一點，真傷腦筋，我可沒聽說你是個會對母親動手的薄情男子啊。」

我沒有預測到那種地步。也沒打算隱藏戒指。

是說，我其實相當猶豫。

我希望與充滿活力的塞妮絲繼續生活下去。

我認為必須要孝順母親，所以才答應去相親。

可是，既然她最後都說那種話了，我也只能選擇獨立。現實的塞妮絲肯定也會叫我這麼做……才對。

「失敗了……早知如此，我應該要操作瑞傑路德，逼你就範才對。」

「你為什麼沒有那麼做？」

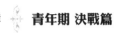

「因為瑞傑路德抱著即使村子滅亡的覺悟也要跟隨你，所以我才一時慌了手腳。」

瑞傑路德先生……

「因為你看起來毫無戒備，我以為會輕易得逞。想不到你居然準備了對付我的計策……居然是為了把我逼到絕境的陷阱……」

並不是陷阱。

總覺得很不好意思……

但是，奧爾斯帝德或是死神藍道夫，說不定已經預測到這種狀況。不過，真希望奧爾斯帝德起碼先把這個對策告訴我啊……

不，這麼一提，他有叫我先把戒指戴上。如果光是戴著就有效果，冥王根本不足為懼。所以他才會保持沉默吧。

不過他應該要講清楚嘛。要是我以外的人被附身怎麼辦。

算了，奧爾斯帝德只會告訴我必要的情報，這種事也不是現在才開始。而我沒把必要的情報全聽進去，也不是現在才開始。

「……俗話說驕兵必敗呢。」

「嗯，確實。」

畢塔懊悔地這樣說著，同時逐漸縮小。簡直就像是突然失去力量。

同時，駭骨也開始逐漸崩壞。

最值得信賴的亡者……是嗎？

表示對我而言，保羅就是那個人吧。

「我以黏族史上最強之王統治數百年，實在沒想到會在這種地方終結一生。『泥沼』魯迪烏斯，幹得漂亮。」

……我該怎麼回答他才好？其實我完全沒料到這種狀況。

該跟他說是運氣好嗎？

提議去見藍道夫的人是我，所以也並非全靠運氣。

那麼，是不是該吐嘈他「別自己說是史上最強啊」比較好？

不，比起那種事，我有事情非得問他不可。

「我想問一件事。你是人神的使徒嗎？」

「沒錯。那位大神相當照顧我。祂助我逃離死神拉克薩斯的魔爪，告訴我該如何前往天大陸的『地獄』。託祂的福，我才得以生存這麼久……但沒想到結果會是這樣。這究竟是因果，還是命運使然呢？」

畢塔逐漸縮小。

起初出現在這房間時明明是人形大小，現在已經縮到了拳頭大。

「魯迪烏斯啊，我最後再告訴你一件事吧。」

「……」

「人神確實是個惡神，但像我一樣受到幫助，信仰祂的人，應該也不在少數。」
畢塔這樣說著，尺寸慢慢縮成指頭大小。
同時，骸骨也化為細沙消失而去。
「等等！告訴我其他使徒是誰……！」
我的意識也逐漸遠去。

★ ★ ★

清醒了。
意識相當清晰。夢境內容，還有在最後房間的對話都記得一清二楚。
「唔……」
腹部突然一陣劇痛，噁心感朝我襲來。
「嘔噁噁噁……」
我趴在地上，嘴巴吐出黏糊糊的液體。
是藍色液體。藍色史萊姆狀的某種物體，混著胃液和晚飯在地面擴散。
這是冥王畢塔的……屍體嗎？
我正這樣想，左手指頭感覺不太對勁。我取下護手一看，發現死神的戒指碎裂，就這樣落到地面。戒指發出啪的一聲，沉到嘔吐物裡面。

「……」

既然這只戒指壞了，表示剛才畢塔說的話是真的吧。

……也就是說，畢塔主動進入我的體內，卻因為戒指的效果而自爆嗎？真可悲。

話雖如此，畢塔的判斷並沒有錯。

只要成功操縱我，人神陣營的勝利可說是毋庸置疑。而且在那個瞬間，我並沒有防止這招的手段……

偶然。不，應該說是必然嗎？

死神拉克薩斯的骨戒不只有讓奇希莉卡聽命的效果。

不過，搞不好藍道夫也不知道真正的效果。

「啊，話說回來，瑞傑路德先生呢？」

我環視周圍。

這裡是建築物裡面嗎？地板、牆壁加上格局……我都有印象。

是瑞傑路德的家。

以狀況來看，應該是瑞傑路德在畢塔轉移到我身上後，再把我帶回這裡的吧……？

「……」

外頭很明亮。從那之後不知道過了幾個小時……

待會兒再處理嘔吐物吧。

「瑞傑路德先生？」

我呼喊屋主的名字，但沒有回應。

難道出門了嗎？或者是有其他原因？總之我挺起身子，環視周圍。有必要確認目前到底是什麼樣的狀況。

我抱著這種想法，在剛才起身的地方找到了。

瑞傑路德就躺在地爐另一邊。

「瑞傑……」

我倒抽一口氣。

他滿臉鐵青，呼吸紊亂，緊緊抱著自己的身體，全身震顫不已。

他的狀況明顯不正常。

「畢塔抑制住病情惡化。一旦殺死畢塔，分身也會死，疫病就會蔓延。」

我想起那句話。

換句話說，瑞傑路德現在的狀態是……

「是疫病……造成的嗎？」

冥王畢塔似乎不單單只是死了。

雖然他確實自爆了沒錯……

卻是自殺攻擊。

## 第六話「疫病」

只要畢塔一死，斯佩路德族的疫病就會再度惡化。

儘管事前已聽過說明，但我完全沒想到狀況會變得如此糟糕。

說不定畢塔並非讓延緩病情惡化，只是麻痺患者，令他們感覺不到疾病的侵蝕。

可是因為他附身在我身上後死了，分身也跟著死去。

導致原本被隱瞞的症狀一口氣爆發……之類。

我可不會說畢塔是我打倒的。那是自爆。雖然人神那邊也有像我這種愚蠢的傢伙很令人放心，但現狀實在令人堪憂。

「魯迪烏斯閣下！」

看到瑞傑路德這麼痛苦，我卻束手無策，想說有什麼事情是我能做的而衝出屋子，便看到香杜爾朝我跑來。

「香杜爾先生！」

「你醒來了嗎？方才村裡的人突然一個接一個倒下，到底發生了什麼事……」

「冥王畢塔被打倒了。疫病是因為這個影響而開始惡化的吧。」

「咦？什麼時候？你在哪裡打倒冥王的？」

「剛才他自己倒下的！」

這種事隨便啦。

「請詳細跟我說明！」

「呃……」

我說明了。

昨晚，我從瑞傑路德那聽到的真相。畢塔操縱他以接吻把自己灌進我體內，讓我看到幻覺，卻被死神的戒指打倒。

「……原來如此。也就是說冥王挑戰魯迪烏斯閣下，結果反而遭你擊倒……瑞傑路德閣下只是受到操縱而已是吧？」

「……他不醒來就無法判斷，可是如果他是敵人，應該不會把我帶回村裡。」

「我明白了。」

「接下輪到我發問了。你剛剛在做什麼？」

「我姑且叫現在還能動的人去叫回出外狩獵的村民。我打算指示那些人回來後直接守在村子入口。」

真不愧是香杜爾，辦事效率真好。

明明疫情才剛開始蔓延就做出明確指示，他實在很優秀。

「杜加呢？」

「杜加正在將病人聚到一處。」

此時我望向視線前方，杜加正好抱著一位女性慌慌張張地跑過去。

一臉擔憂的斯佩路德族小孩就像在追著他那般跟在後面。

他們前往的地方……是族長在的講堂嗎？也對，那裡是最大的建築物，這樣正好。

據香杜爾所說，目前還沒出現死者。

但是，有多達半數以上的村民都和瑞傑路德相同，出現了動彈不得的症狀。

「魯迪烏斯閣下，我們該怎麼做？」

「……該怎麼辦啊……」

我一時語塞。

這種狀況下該怎麼應對？

村落遭到疫病侵蝕，必須治好才行。所以，沒錯，解毒魔術。可是，我剛才也對瑞傑路德用過解毒魔術，並沒有效果。

雖說還沒嘗試過所有治癒魔術，但我覺得解毒魔術無效的可能性很高。因為有好幾種像這樣的疾病與毒素。

既然解毒魔術無效，最好交給疾病的專家來處理嗎？

說到專家的話有誰？

告訴愛麗兒這件事，請她幫忙安排醫生？

可是，這個世上最了解疾病的人是奧爾斯帝德。不過奧爾斯帝德對斯佩路德族……不，我就盡力試試看吧。

首先是通訊手段。要到設置的魔法陣，得花三天……

不，我們為了以防這種狀況，事先在事務所的地下準備了備用的轉移魔法陣。

直接在這個村子設置魔法陣和通訊石板吧。

移動到事務所，向奧爾斯帝德說明現狀。

接著再經由社長室將斯佩路德族的現狀與病狀告知各地。

好。

「我先去村子深處設置轉移魔法陣，移動到事務所，再從那邊直接聯絡各地，找有辦法診察的人過來。」

「了解。那麼我負責這個村子的防衛工作，並照顧患者。」

「拜託你了。」

快速地商量對策後，我急忙趕到村子角落。

因為這裡位於森林深處，魔力濃度也很高，想必可以設置不需要魔力結晶的轉移魔法陣。

為了以防萬一，我從事務所多帶了石板過來，就設置在這邊吧。

我一路上仔細地思考對策，來到了村子後側。

我走出柵欄，以魔術砍倒樹木開闢出一座廣場，再以土魔術製作一間沒有入口的小屋。接著在小屋底下，挖了條直接通到村裡的地下通道。

這樣魔物就進不來了。

我取出記事本，確認與預備魔法陣一致的術式。

由於直接畫在小屋地板有可能會自然消滅，因此我決定以魔術生成石板畫在上面。

不可以著急。要是稍有差池，魔法陣就無法完成。考慮到出現錯誤還得浪費時間找出來修正，可以的話希望能一次成功。愈著急的時候愈需要冷靜……

「啊，可惡……」

我剛這樣想，就出了點差錯。

「呼……」

深呼吸。

我要冷靜下來，畫的速度要比平常更加緩慢。

這是直徑兩公尺的平面魔法陣。要是想畫快點，出錯也是在所難免。

我要慎重地畫。

這種轉移魔法陣，我之前已經畫過好幾次。

我對正確度是有自信的才對。我為自己打氣穩定心神，仔細地畫好了轉移魔法陣。

「如何？」

完成的同時，我注入魔力。

畫好的魔法陣每個角落都注入了魔力，開始隱約發出亮光。成功了。

「好。」

我立刻跳進裡面。

意識消失一瞬間後，我抵達了事務所的地下。

我確認魔法陣正常運作，與此同時快步離開房間。

不用遵循地上畫的「有事找奧爾斯帝德、魯迪烏斯的客人請往這邊」的指示箭頭，我直奔地面。

穿過轉移魔法陣的房間並排的地下室，我爬上樓梯，眼前就是大廳。

「啊，會長，您回來——」

「社長在嗎！」

看到我來勢洶洶，櫃檯小姐雙耳抽動，露出有些畏懼的感覺垂下耳朵，這樣回應：

「他……他在。」

我沒有把櫃檯小姐的話聽到最後，直接打開了通往社長室的走廊大門。

穿過簡短的走廊，打開社長室的門。

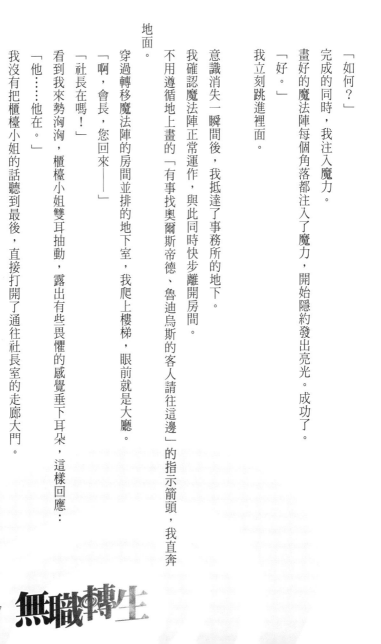

儘管我認為不該這麼粗魯，但還是忘了敲門。

或許是因為這樣，奧爾斯帝德並沒有戴著頭盔。

「奧爾斯帝德大人。」

「……」

不知道是不是我的心理作用，總覺得奧爾斯帝德或許注意到我的來意，看起來一臉尷尬。

可是，他沒有別過頭，而是筆直地注視著我。

看了幾秒之後，開始覺得他的臉上就像寫著「你有什麼怨言嗎？」，讓我感覺內心怒意不斷上湧。

我知道現在不是生氣的時候。就算這樣，我依然用焦躁的語氣逼問他。

「那個，斯佩路德族罹患疾病這件事，您早就知道了吧？」

「我知道。」

「治療方法呢？」

「沒有。」

他說得很果斷。不是不知道，而是沒有。

「要是您早點告訴我，我至少能去尋找治療方法才是。您為什麼沒告訴我？」

說完這句話，奧爾斯帝德搖頭否定。

「你成為我部下的時候，斯佩路德族應該早就滅亡了。」

「應該……是指在平常的輪迴中會發生的狀況嗎？」

「沒錯。而且，瑞傑路德・斯佩路迪亞也不會遇見倖存的斯佩路德族。」

因為原本應該早已滅亡，所以才沒說。

本來的話，瑞傑路德與那場滅亡無關。所以就算他想到有這個可能性也沒說。他是這個意思吧。

「可是，您幾年前曾去看過吧？」

「……對。」

「當時，您找到了斯佩路德族，與瑞傑路德接觸，確認他們身上罹患疫病，卻選擇保持沉默對吧？」

「沒錯。」

「只要沉默，斯佩路德族就會滅亡，瑞傑路德也會消失。所以我也不會知情，選擇放棄找他，您是這個意思嗎！」

我不知不覺大吼。因為我感覺自己遭到背叛。

「不對。因為我認為那是浪費時間。」

「浪費……時間？」

「沒錯。我自己也曾打算幫助斯佩路德族。試過所有解毒魔術，測試過所有可能治療的藥物。但沒有起作用。那個疫病，是治不好的。」

意思是奧爾斯帝德已經把想得到的事情都嘗試過了嗎？

「對我而言，斯佩路德族的滅亡是無可動搖的事實。可是，你要是知道了肯定不會放棄，而是會照顧斯佩路德族，直到他們滅亡為止吧。」

「這樣講……是沒錯。」

可是兩年前……或許是在更早以前？

以時間點來看，是在西隆王國那件事之後，因為不知道拉普拉斯的復活所在地，說要召集戰力的那個時候嗎？

要是當時他告訴我斯佩路德族的事情，而我選擇為了治療疫病到處奔波，現在會是怎麼樣？

少說也有一整年的工作都做不了吧。

會沒辦法去找阿托菲、藍道夫，甚至是其他魔王。

說不定連米里斯都去不了。

可能甚至到了現在，我都還沒發現基斯是使徒。

「可是，決定是不是浪費時間的人……或許……不是我……」

道理我明白。

可是，內心還無法接受。腦袋想不到說服自己的理由。

這次，奧爾斯帝德並不是忘記說。

而是沒有說。

他是依照自己的決定，暗中策劃好不讓我去幫助斯佩路德族。我明明理解這麼做的道理，但是我無論如何，怎麼樣都無法原諒他。

無法原諒對我的恩人見死不救的……奧爾斯帝德。

因為奧爾斯帝德就是這種人，會這麼做也是無可奈何。

如果是平常，我明明會湧起這種話，但這次我無法原諒。

糟糕。

再這樣下去，我會把奧爾斯帝德視為敵人。

現在還在作戰當中，敵人就在畢黑利爾王國，大家也都在畢黑利爾王國的這個時候……理由，我需要想個理由……可以讓自己原諒奧爾斯帝德的理由。

「……瑞傑路德，在您的計畫當中，是個阻礙嗎？」

說出口的卻是這句話。

與剛才的對話無關的一句話。要是他肯定這件事，我會打算怎麼做？

但是，奧爾斯帝德卻這麼告訴我。

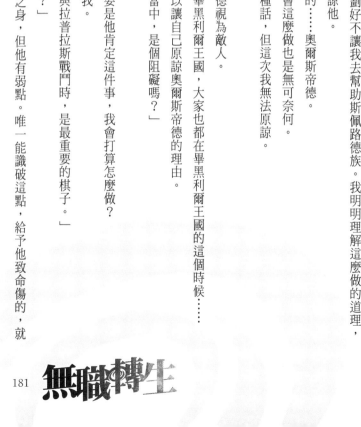

「不是阻礙。那傢伙的女兒在與拉普拉斯戰鬥時，是最重要的棋子。」

「女兒？是……什麼地方重要？」

「成為魔神的拉普拉斯是不死之身，但他有弱點。唯一能識破這點，給予他致命傷的，就只有擁有第三隻眼的斯佩路德族。」

能看穿魔神弱點的，只有斯佩路德族。

「啊。」

此時，我的腦袋突然想通了。

拉普拉斯把自己的詛咒轉移到斯佩路德族，試圖毀滅他們的理由。

明明瑞傑路德的戰鬥力低上一階，但他在與拉普拉斯戰鬥時所打出的一擊，足以讓殺死魔神的三英雄，甚至是佩爾基烏斯都感謝他的理由。

斯佩路德族之所以染疫的理由。

疫病比預定還晚發生，等瑞傑路德抵達後才蔓延的理由。

……我與瑞傑路德一起，旅行到中央大陸的理由。

「是人神……嗎？」

我頓時渾身無力。

東搖西晃地退到後面，腳勾到椅子，沉沉地坐在上面。

所幸我整個人靠在扶手，才得以沒有繼續滑下去。

「如果是本來的歷史，瑞傑路德先生會活下來嗎？」

「嗯。」

「他不會在中途死去，最後還生了孩子嗎？」

「嗯。」

「奧爾斯帝德大人以前曾打算利用那個孩子，打倒拉普拉斯對吧？」

「起初是這樣。但自從我知道拉普拉斯在剛出生的瞬間並非不死之身後，我就沒想過要利用。」

「這樣啊。」

那麼，這也是人神的布局之一嗎？

原來如此。然後，這次是將這件事與消滅我扯上關係……這種一箭雙鵰的作戰很有人神的風格。

「奧爾斯帝德大人，看樣子我們又再次被人神玩弄在股掌之間了。」

「……」

「斯佩路德族的滅亡，疫病的蔓延並非自然現象，而是人神設計的。對於人神來說，魔神拉普拉斯活著對他似乎比較有利。」

如果是魔龍王倒另當別論，可是成為魔神的拉普拉斯對他無害。

畢竟他已經忘記人神。

不僅如此，還打算毀滅人類。搞不好拉普拉斯戰役的時候，拉普拉斯也是受到人神操控。

我不認為他有辦法直接操控龍族，應該是經由使徒去做這件事。

「唉……」

總覺得想通了許多事情，心情舒坦了許多。

至於奧爾斯帝德沒告訴我有關斯佩路德族的處境這件事，該怎麼說，依然是有點耿耿於懷，不過就算我現在對奧爾斯帝德宣洩不滿，也無法解決任何問題。

到頭來只會讓人神開心而已。

他只會覺得一切如自己所料，嘻嘻竊笑。

「……」

雖然剛才沒想到，但或許是因為腦袋豁然開朗，現在也想到了說服自己的理由。

因為不知道治療方法，認為斯佩路德族已經沒救，而放他們自生自滅。

當初，在奧爾斯帝德的心裡，斯佩路德族的滅亡與瑞傑路德的生死無關。他認為瑞傑路德依然在哪活得好好的。

然而，他認為或許會有萬一而去確認之後，發現瑞傑路德也在那裡。

而且，就連瑞傑路德也被感染了。

他不知道該對我說什麼才好。所以就算他覺得最好別告訴我，也是情有可原。

「奧爾斯帝德大人，假如沒有斯佩路德族，您打算怎麼打倒拉普拉斯？」

「只要使用神刀，不至於贏不了。儘管難免會有一番苦戰，但你現在正在聚集伙伴，總會有辦法的。」

「可是，我記得那把神刀會消耗相當大量的魔力對吧？」

「這也是迫不得已。」

更何況，奧爾斯帝德還打算自己背負不利條件。

「我原本打算向你道歉的。但是我說不出口，所以才演變成這種事態。抱歉。」

奧爾斯帝德這樣說完，向我低頭道歉。

「……我明白了。」

奧爾斯帝德也並非完美。

這種事情也是會有的。就寬宏大量地原諒他吧。

「奧爾斯帝德大人，我這次就原諒你了。」

「嗯。」

這樣就解決了。我也忘記內心的疙瘩，積極面對這個問題吧。

至少目前是這樣。

「我確認一下，奧爾斯帝德大人，您要打倒人神，果然還是需要魔力對吧？」

「嗯。」

人神在西隆王國，成功阻止拉普拉斯的復活位置被奧爾斯帝德掌握。

再來，他故意讓握有打倒拉普拉斯關鍵的瑞傑路德與斯佩路德族會合，試圖將斯佩路德族斬草除根。

一旦斯佩路德族滅亡，就可以讓拉普拉斯直接對上奧爾斯帝德。

到時奧爾斯帝德為了打倒拉普拉斯，將會消耗龐大的魔力。

這就是人神的致勝方程式吧。

我要打破他的如意算盤。所以，最好別讓奧爾斯帝德使用神刀。極力避免戰鬥，也要壓抑魔力的消耗。

打倒拉普拉斯的戰力由我來聚集，奧爾斯帝德的魔力，要等到與人神戰鬥再一口氣爆發。

但是為了這個目的，必須讓能夠掌握拉普拉斯弱點的斯佩路德族活下來。

「我再請教一下，真的沒有治療方法對吧？」

「…………至少我不知道。」

「話雖如此，奧爾斯帝德不知道的事情其實也很多呢。」

「……是啊。」

奧爾斯帝德這樣說完，擺出比平常更可怕的表情。

最近，我已經習慣這張恐怖的臉了。這是感到慚愧時會擺出的表情。

「那麼，或許還有方法治療。我們再試著稍微掙扎看看吧。」

奧爾斯帝德因為詛咒在身，肯定有許多事情做不了。所以現在能嘗試的方法，以前他應該沒試過才對。那就試試看吧。

「知道了……我也去村子吧。」

奧爾斯帝德這樣說完，點了點頭。

★
★
★

後來，我向他報告了冥王畢塔的事情。當我告訴他畢塔因為死神戒指而自爆之後，奧爾斯帝德擺出帶有詫異的恐怖表情。

從那個表情來看，他似乎不知道畢塔曾附身到我身上。

看樣子，戒指真的是為了保險起見。

後來，我們用通訊石板與各地取得聯絡。

為的是告知斯佩路德族的病狀，並請求醫生協助。由於通訊石板的數量過多，聯絡各地時費了一番工夫。看來有必要增加複製訊息的功能。

在他們回覆訊息之前，我也事先畫好了追加的預備魔法陣。

要設置轉移魔法陣，一開始得先畫好兩個，確定能啟動之後，就將其中一個的術式找個地方記下來再清除掉，這是必要的流程。

儘管沒必要慌張地補充，但既然用掉了就得補充，有備無患。

接著吩咐櫃檯小姐在社長室待命，奧爾斯帝德不在時要由她負責回信，以及引導從轉移魔法陣過來的人。最近由於轉移陣增加過多，開始搞不太清楚哪個是連到哪裡了。先不論我與奧爾斯帝德，可能有必要幫第一次來的客人弄個導覽圖。

再來，就是在轉移過去的地方標記一下要往村子的哪裡去就行了吧。

順便說一下，希露菲已經帶著基列奴及伊佐露緹前往劍之聖地。

聽說當時愛麗兒也有露臉，和希露菲說了一些話。

櫃檯小姐和奧爾斯帝德好像都沒聽到內容，但既然沒有留下口信，應該只是稍微來露個臉吧。

或許是因為作了那種夢，要是和她見面可能會稍微意識到那方面。

不過，我實在不想在希露菲面前因為看到愛麗兒而臉紅。

然後，我確認了分散在畢黑利爾王國的其他成員是否已經設好轉移魔法陣與通訊石板。

全都很正常在運作。看來他們的行動也很順利。

後來也收到了聯絡。愛夏＋傭兵團這邊沒有異常。札諾巴的報告提到討伐隊正在首都聚集。洛琪希的報告則說她們在調查鬼神的所在處。

我也對他們送出了關於現狀的訊息。最後再加上一句「我們這邊會設法處理，請各位完成自己的任務」。要是不這麼做，感覺艾莉絲可能會飛奔過來。

好啦，從各國送回來的訊息，有許多令人滿意的情報。

許多國家都回覆說「會調查看看關於疾病的過去文獻」。

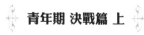

阿斯拉王國那邊，說明天就會調派醫生過來。

只不過，米里斯神聖國只回覆了上次發的那封關於援軍的訊息。裡面提到要把神殿騎士團送到轉移魔法陣頗有難度，並不是什麼好消息。
不過話又說回來，米里斯的回覆果然很慢啊。
不管怎麼樣，事情告一段落後，我就先回村子了。
這次是與奧爾斯帝德一起。

現在，奧爾斯帝德正在幫倒下的斯佩路德族逐一診視。
儘管他擁有比一般醫生更豐富的醫療知識，但以前不懂的東西，不可能現在就突然搞懂。
基本上，他也不是醫生。
雖然在至今的輪迴當中，他應該也曾想過要治好某人的疾病，但那想必不是醫療行為。
真要說的話，是RPG的跑腿事件。
幾月幾日週幾，魯迪烏斯小弟弟生病了。魯迪烏斯小弟弟會在幾月幾日週幾死亡，在那之前治好他吧。在這個當下並不明白治療方法。然而在跑了幾輪之後，就會發現希露菲葉特小妹妹也會罹患相同疾病。而且，洛琪希老師會使用某種道具，完全治好希露菲葉特小妹妹的病。奧爾斯帝德只要在下一輪把洛琪希老師用過的道具拿來用在魯迪烏斯小弟弟身上就好。
像這種感覺。
嗯，對應方法或許就是將過去的病例以及這次的病例結合，藉此尋找治療方法，但我對這部分不是很懂，畢竟我不是醫生。

簡而言之，奧爾斯帝德不擅長應付預料之外的事情。

「還是不明白。」

診視所有人後，奧爾斯帝德無力地搖頭。

「不過與我所知的疫病，症狀似乎有些不同……」

「是什麼地方不同呢？」

「應該不會這麼急遽惡化才對。」

「……表示畢塔果然只是麻痺村民，讓他們表面上看起來沒事嗎？」

「若是人神的手法，就很有可能。」

裝作抑制病情惡化，實際上什麼也沒做，人神確實可能幹出這種事。

「你那邊有什麼收穫嗎？」

「……沒有。」

我在奧爾斯帝德診斷的期間，向村裡負責醫療體系的人，詢問他們罹患疾病時是如何治療。

聽說他們是用中央大陸盛行的藥草，以及高營養成分的蔬菜混在一起燉煮後再給病患服用。

儘管我對藥草與蔬菜的營養價值不是很清楚，但我不認為這種做法有錯得那麼離譜。

可是這個方向行不通。

難道我們必須要改變想法嗎？

比方說……沒錯。原本疫病會在更早的階段蔓延。

換句話說，人神有辦法控制這場疫病。那麼，也有可能存在著人神從某處帶來的毒素或是病毒嗎？

或者，單純只是因為轉移事件發生，才延後了斯佩路德族染疫的時間點。

而人神只不過是利用了這個巧合……

啊啊，真是的，所以那又怎麼樣？

現在重要的不是人神打算怎麼樣，而是找到治好這種病的方法。

愈想愈覺得思考陷入泥沼，會覺得或許真的無計可施，這種感覺實在令人討厭。

可是，還沒結束。

靠我、奧爾斯帝德、香杜爾以及杜加的這個組合是治不好他們沒錯。

可是，不久後醫生也會過來。現在先著重在保持患者的清潔，讓他們攝取營養吧。

我抱著這種想法，當天與香杜爾及杜加花了一整天專心照顧病患。

隔天，阿斯拉王國的醫師團隊抵達了。

有兩名醫生、四名護理師，再加上各種糧食以及醫療用品。

似乎姑且召來了不會懼怕斯佩路德族的成員，他們一看到病人，立刻著手進行診察。

至於他們是否會洩漏轉移魔法陣的事情，只能賭在愛麗兒的領袖魅力了。

「雖然事前已經聽說過，但這種症狀前所未見。」

不過，明明承擔了風險，醫師團隊卻派不上任何用場。

「我們也曾在國內診察過魔族……不過特定魔族在特定條件下罹患的疾病，我們實在是束手無策。」

醫生的見解是毫無頭緒。

至少，從前似乎沒有相同的病例。

不過，其實我早就料到了。在這個世界因為有治療魔術與解毒魔術，醫學並不算發達。如果這個世界的醫生靠診察就看得出來，奧爾斯帝德沒理由看不出來。

「我們姑且會繼續診察，但請別抱太多期待。」

醫生這樣說完，現在也依舊在努力幫忙治療。

可是……果然是這樣嗎？雖然我沒抱過期待，但聽到這麼斬釘截鐵的回答，比想像中更令人喪氣。

「呼……」

我嘆了氣，環視講堂。

眼前躺著幾十名斯佩路德族。有人呻吟，有人渾身癱軟動彈不得，有人不知道是失去意識還是睡著，有人正被幫忙餵食。

各式各樣的人躺在眼前，受人照顧的光景，簡直與戰地醫院無異。

死者目前雖然是零，但重症患者不在少數。恐怕只是時間的問題。
而且，在重症患者當中，也包含了瑞傑路德。
他現在失去意識，處於昏睡狀態。偶爾會猛然睜開眼睛，劇烈咳嗽，看到那幕景象，我明白他已經不久人世。
我想設法治好他，我抱著這種想法坐在瑞傑路德身旁。但是，我對現狀一籌莫展，無計可施，只有時間在一分一秒流逝。
再這樣下去，就算米里斯神聖國及王龍王國派來醫生，找到治療法的可能性也很低。
要是找不到治療法，下一步我該怎麼做呢？
要問誰才能知道？
該怎麼做才好？我能做什麼？
「魯迪烏斯閣下。」
回過神來，香杜爾就站在我眼前。
「怎麼了嗎？」
「在這種狀況下打擾你很抱歉，但情報販子那邊要如何處理？」
情報販子……是指什麼事來著？
啊，對了。之前在第二都市伊雷爾，曾經委託情報販子搜索基斯。
「到約定的日子還有幾天來著？」

「從都市到鎮上花了一天，從村子到這裡花了兩天，魯迪烏斯閣下沉睡了一天，然後是昨天，今天也快要結束了，大概還有四天吧。就算晚個一天出發，我想應該也能設法趕上。」

已經要折返了嗎？

是說，原來我並沒有睡那麼久啊。

「由於轉移魔法陣也設置好了，我想天數上應該還綽有餘裕……」

「說得也是。到時我去就行了。」

儘管我不希望從這裡移動，但搜索基斯才是主要目的。我非去不可。

「我也同行吧。」

「……只留奧爾斯帝德大人和杜加在這嗎？」

「讓魯迪烏斯閣下一個人行動反而危險。」

一瞬間，我以為他這個提議有什麼內幕，但說得也有道理。

我一個人行動也不會發生什麼好事。

「魯迪烏斯閣下，情報販子是好處理，但討伐隊方面該怎麼應對？」

「討伐隊？」

「就是國家召集的討伐隊啊。之前我們不是聽到風聲，國家會花一個月招兵買馬，再攻來這裡嗎？」

「啊……」

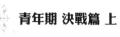

也有這件事呢。
「我認為那方面也盡早採取對策較為妥當，你如何判斷？」
確實，如果要保護斯佩路德族，最好快點採取行動，與國家進行交涉。
但是不管怎麼樣，要是不能從根本上確立斯佩路德族對人族是安全的，根本無從談起。
當然，現在至少有辦法證明斯佩路德族這邊對人族沒有敵意，可是……
「照現在這個狀態，他們可能會以疫病為由，直接燒燬村子。至少先確認能不能治好疫病再說……」
「那麼，你的意思是要置之不理嗎？」
「……這樣不太好呢。你認為該怎麼做才好？」
「與情報販子接觸後，先前往王宮，就算當下只能說明惡魔的真面目，報告目前的狀況應該也有意義。如果對方要以疫病為由一把火燒了這裡，那就戰鬥；假如對方打算出手相救，便算完成交涉。對吧？」
「嗯……你說得沒錯。」
意思就是，總之先試試看吧。
不管怎麼樣，下次行動在四天後。
要做的事情堆積如山，但依舊找不到解決問題的線索。事情毫無進展，實在令人愈發焦躁。
好累啊……

我那天在空無一人的瑞傑路德家中左思右想，就這樣睡著了。

感覺有人在搖醒我，我不由得睜開眼睛。

在眼前的是名美少女。有一頭柔順的金髮，眉上剪了一排整齊的瀏海。

至於是誰，根本不用思考。

「哥哥，請你醒來，哥哥……！」

是諾倫。

哎啊，又是夢，不會又是幻術吧？

這次妻子換成諾倫嗎？這表示畢塔還活著嗎？那麼，我希望斯佩路德族的現狀也只是一場夢。

「畢塔也真是沒招了啊。」

「畢塔？你睡迷糊了嗎！我有好多事情想說呢！」

諾倫看起來火冒三丈。

最近雖然不會這樣，但記得以前的諾倫總是對我發脾氣。諾倫這種氣沖沖的模樣也令人懷念。

「為什麼瑞傑路德先生發生了這種事，哥哥卻不告訴我！」

瑞傑路德發生了這種事。

聽到這句話，我的意識一下子清醒。

「……！」

我挺起身子。

地板鋪滿了野獸毛皮。這裡是瑞傑路德的家。這不是夢。

「我明明，也受到瑞傑路德先生、很多照顧……！居然連出了這種事都不告訴我，太過分了……」

諾倫的眼睛開始撲簌簌地流下淚珠。

她沒有用手擦拭，而是緊緊握住地板的毛皮。我看到這幕，不由自主地用手指擦拭了她的淚水。

「嗯，對不起……」

與此同時，我湧起了疑問。

為什麼諾倫會在這裡？我記得她現在應該很忙才對。

「諾倫，那個，雖然現在可能不該問這種事，但我怎麼記得學校應該有舉辦什麼活動來著？」

「那個早就辦完了！」

咦！意思是連畢業典禮也辦完了嗎？怎麼會這樣……那我在她的畢業典禮上以手帕按住眼角——不對，那種事現在根本無關緊要。

「……妳是怎麼來這裡的？」

「是克里夫學長，把事情、全都告訴我，然後帶我過來的！」

諾倫嚶嚶啜泣，同時回頭望去。

住家入口。有兩道人影背光站在那裡。

其中一人有著修長輪廓，受陽光照耀而熠熠生輝的金髮。與長耳族相符的禁慾體態，醞釀出一股妖媚感。

然後，另外一人是男性。

身高比平均略矮。身材也並非特別粗壯。明明如此，不知為何看起來卻顯得高大可靠。

想必要歸功戴在其中一只眼睛的眼罩吧。

「魯迪烏斯。」

克里夫．格利摩爾就在那裡。

「抱歉，我來晚了。因為辦理各種手續費了我一番工夫……畢竟米里斯教團也並非團結。原諒我吧。」

他是為我而來。

他看到那塊通訊石板上的文字後，立刻動身趕了過來。

「既然我來了，就不要緊了。因為我為了這種時候，可是連醫療術也學會了。」

「可是，克里夫學長……」

「喔，我知道。事情我已經全部聽說了。可是，我有這個。」

克里夫這樣說完，輕輕敲了敲眼罩。

從奇希莉卡那得到的魔眼之一。

識別眼。

「靠一兩個魔眼，就有辦法做出對策嗎？」

「光靠魔眼或許什麼也辦不到。可是啊魯迪烏斯，擁有魔眼的人可是我喔。」

克里夫這樣說完，驕傲地挺起胸膛。

「我可是天才啊。」

他或許是為了讓痛哭流涕的諾倫安心才會說這樣的話；或許，是為了讓憔悴不堪的我安心才會說這樣的話；或許，是為了讓不安的自己鼓起幹勁才會說這樣的話。

可是，克里夫看起來很高大。

這種時候還說得出這種話的克里夫，看起來很高大。

以前我曾經見過如此高大的克里夫嗎？

每次見面，克里夫都會更加高大，大到超越了我的想像。現在應該已經有我的兩倍那麼大了吧。

如果是克里夫學長，連詛咒都能設法解決的克里夫學長的話！

「沒有我這個天才辦不到的事情，交給我吧。」

他一定會設法的。
明明是沒有任何根據的發言，卻讓我自然而然地這樣認為。

## 第七話「天才」

克里夫最初前往的是患者那邊。
「觀察患者的容態，是基礎中的基礎。」
克里夫這樣說，並逐一診察所有患者。
話雖如此，與醫師團隊做的事情沒什麼區別。他以魔眼觀察重症患者的容態，詢問輕症患者目前的感覺，再核對醫師團隊製成的診斷紀錄。大概就是這種程度。
「我沒有話要跟米里斯教……咳、咳！」
患者看到克里夫的服裝後面露懼色，裡面甚至有人抱有明確敵意。
對斯佩路德族迫害最為嚴重的就是米里斯教團。對此記憶猶新的人也很多。
「夠了快回答，一開始感到不適的地方是哪裡？」
不過，克里夫完全不在意。
試圖幫助的對象沒有任何人配合，如果是我遇到這種狀況，可能中途就快放棄了吧。

不愧是克里夫。

「原來如此。」

將所有患者診視完一輪後，克里夫似乎領悟了什麼。

但是，我覺得他大概什麼都還沒搞懂。就算克里夫是個天才，也會有知道的事和不知道的事……應該。

更何況，克里夫是神父，是治癒術師，或許也算研究者，但並非醫生。

「接下來，聽聽主治醫生怎麼說吧。」

克里夫這樣說完，便去向醫師團隊聽取資訊。

像是之前以什麼方式診察，接下來打算怎麼處理。

他一一詢問來自阿斯拉的兩名醫生。

「基本上，我們打算將解毒魔術與藥物同時並用，再觀察病人的狀況。」

「阿斯拉王國的醫生也不過爾爾啊。」

他哼了一聲。

我與醫生都啞口無言。克里夫居然會擺出如此狂傲不羈的態度……他果然很在意斯佩路德族的態度嗎？不對，他好像從以前就是這樣？

「要是那種方法有用，魯迪烏斯或是奧爾斯帝德早就治好他們了。」

「那麼，克里夫先生打算如何處理？」

「我現在正要開始調查。」

醫生的臉變得猙獰。啊啊，這位醫生，克制點。萬一不行，你就算狠狠地揍他一頓也不要緊。但不是現在，麻煩你現在先克制住。

不過，我也稍微開始擔心了。雖然剛剛才覺得他很可靠，但真的不要緊嗎？

或許是因為在對面照顧瑞傑路德的諾倫也很不安，她一臉擔憂地望著這邊。

「好，魯迪烏斯，我們去外面。」

與醫生道別後，我們離開了講堂。

剛離開講堂，克里夫就停下腳步道出他的成果。

「好啦，現在知道了一件事。我剛剛也問過長老，聽說斯佩路德族一直以來從未罹患過這種病。」

「你說一直以來，長老是幾歲來著？」

「聽說超過千歲。」

斯佩路德族真是長壽啊……

「他們來到這個土地之後才罹患疫病。換句話說，疾病的原因就在這塊土地。」

「有可能是人神帶來的毒嗎？」

「不是。如果是那種手法，這只眼睛看得出來。」

克里夫一邊敲著眼罩那側的太陽穴，同時這樣說道，然後開始巡視村子裡面。

首先是農地。

他脫下眼罩，仔細地逐一觀察種植在田裡的蔬菜，有時還會剝開確認裡面。

現在也正在把水嫩的番茄剝成兩半。

不過話說回來，要是知道斯佩路德族也會像普通人一樣從事農作，世間的評價應該也多少會改觀吧。

畢竟人類這種生物，對於和自己做相同事情的存在會有親近感。

「下一個。」

我們接著前往的是獵物解剖場。

那裡雖然殘留著些許血跡，但整理得很乾淨。村民倒下的那一刻似乎正在肢解獵物，由於把生肉直接放著不管很危險，所以香杜爾指示其他人扔到村外。

克里夫用識別眼仔細地觀察了在那邊的刀具或是砧板那類的物品。

「原來如此。魯迪烏斯，在這裡處理好的肉保存在什麼地方？」

「呃……在這邊。」

雖然不清楚原來如此指的是什麼意思，總之我帶克里夫走到糧倉。

位於半地下的糧倉存放著大量肉乾、醃肉以及其他適合保存的蔬菜之類。

克里夫在那邊也用識別眼逐一鑑定。

「那個……明白什麼了嗎？」

「別著急，等我全部看完再說。」

克里夫走出糧倉之後，開始巡視村裡的民宅。

他走進屋內，看了廚房、臥室，甚至連替換衣物都翻過一遍。這是非法侵入。是勇者克里夫。要是我在自己家做出同樣的事，大家想必會翻白眼看著我吧。（註：出自《勇者鬥惡龍》，歷代主角都能在民宅翻箱倒櫃調查道具）

不過話又說回來，看過斯佩路德族的住家後，我可以明白為何覺得瑞傑路德的家很單調。因為其他住家會擺個花裝飾，或是牆上留有小孩子畫的圖之類……令人感覺熱鬧，富有生活氣息。像這件小衣服就是小孩子穿的吧。

當然，如果症狀輕微，人待在家裡的話，我們會徵詢同意才進去。

「米里斯教……！」

「媽……媽媽……」

「不要緊。請你們冷靜，他不是壞人。」

看到神父打扮的克里夫，也有人舉槍擺出威嚇動作，但並不妨礙我們徵詢同意。

「騙人！米里斯教一看到我們……啊……啊啊……」

「媽媽？媽媽！」

或許是想起了什麼，這個母親渾身顫抖。看到這幕景象，女兒露出快哭的表情抱緊母親。

這個畫面，讓我感覺到斯佩路德族與米里斯教團之間有無法填補的鴻溝。

對於我與克里夫來說，斯佩路德族遭到迫害是很久以前的事，但在這座村裡，依然有對當時慘劇記憶猶新的被害者。

「那麼，你們平常會吃什麼？烹調方式呢？」

克里夫依然不看場合。

他彷彿不把畏懼的母親以及一臉不安地瑟瑟發抖的小孩放在眼裡，反覆提問。

「快點回答。我們沒剩下那麼多時間。」

直到對方回答為止。

「嗯。」

就這樣，克里夫巡視了所有住家。

但是，我認為沒什麼特別的地方。至少就我的感覺，只是在接觸斯佩路德族的文化而已。

「那個，克里夫學長。」

「魯迪烏斯，不用擔心，他們怕的並不是我。只是對這件衣服心有餘悸。而且，只要我穿著這件衣服治好疾病，他們也會改變想法。我說的對吧？」

有這麼簡單嗎？

我雖然這樣心想，但起碼那個女兒有可能改觀。希望事情至少有這麼順利。

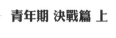

「好啦，下一個。」

克里夫一邊這樣說著，同時巡視了村裡的其他地方。

位於村子中心的泉水、水井、倉庫、建材保管場，最後甚至看了村外的垃圾場。

「……」

克里夫真的很仔細地在調查。

他的表情一絲不苟。嚴肅地翻找垃圾場，嚴肅地將腐爛的獸肉剝開。

在他的識別眼裡究竟映出了什麼？我能做的，只有偶爾回答克里夫所提出的問題。

最後，他巡視完整個村子，當太陽已經完全下山的時候，我們回到了講堂。

「所以，克里夫學長，你覺得如何？」

「我明白了幾件事。」

「喔喔。」

「麗潔，幫我把藥箱拿過來！」

克里夫在充當診療所的講堂中大聲呼喊，協助照顧病患的艾莉娜麗潔一聽到，立刻起身衝了出去。

她抓起放在診療所一隅的大包包後，迅速回到了這邊。

「來了！」

「謝謝妳，麗潔。」

艾莉娜麗潔看起來很開心。

想必是因為她很久沒見到克里夫吧。小孩……是放在我家照顧嗎？

「聽好了，魯迪烏斯。疾病的傳染路線是固定的。」

「噢。」

「話雖如此，畢竟我也不是醫生，並不是很了解具體情況……總之，斯佩路德族是來到這塊土地後才罹患疾病。所以我才會以這裡能攝取到的糧食為中心，以識別眼進行確認。」

「喔喔，結果呢？」

「並沒發現異常。」

哎呀……？

「無論土壤還是水源，都不像是潛藏著可能成為病原體的東西。」

「識別眼還看得出那種東西嗎？」

「嗯，至少關於食物方面是可以信賴的。」

畢竟是奇希莉卡出品的魔眼嘛。關於食物方面肯定足以信賴。會吃壞肚子或引起疾病的食物一看就能明白。

「只不過，所有東西的顯示結果都是：『蘊藏了非常高密度的魔力，看起來很美味的番茄吶』。」

以識別眼顯示的畫面原來是口語啊。

「不只蔬菜，連土壤及水源也是。所有東西都蘊藏著非常高密度的魔力。」

「……」

「我在米里斯時，也曾看過蘊藏高密度魔力的食物。可是真的很少見。而且從未在土壤以及水源的顯示畫面出現過。」

魔力密度嗎？

話說起來，愛夏也曾說過。要是用我做的土栽種，稻米會長得特別好。那也是因為魔力密度很高嗎？

「所以呢？」

「嗯。所以我想問一下，在魔大陸盛行農作嗎？」

「我不清楚斯佩路德族在魔大陸時過著什麼生活，但是在魔大陸幾乎沒看到蔬菜那類。也不是完全沒有，但種類不多，主食則是肉。」

「這樣啊，果然。」

克里夫豎起指頭，開始說起自己的假設。

「恐怕是因為以魔力密度高的土壤種植蔬菜，就會栽種出魔力密度高的農作物。可是，土也分很多種。魔大陸的土雖然有很高的魔力密度，但因為沒有營養，很少拿來種植蔬菜。」

「就算是在大森林，也從未看過這類疾病，所以特別的是這個森林。這裡的土壤不僅擁有非常高的營養成分，而且不論土壤還是水源都蘊含著過高的魔力。到頭來培養出來的，就是魔力密度高的植物。說不定，這與魔物只有一種有關，但原因就先放一邊吧。」

「話雖如此，這種事本來並不是什麼大問題。畢竟我們平常生活也不會在意那種事。如果與這個假設有關，正常來說應該會出現更多類似病例。也就是說，我們原本就能將吸取的魔力確實排出體外，而斯佩路德族應該也與我們大同小異。」

「但是，若長期攝取會有什麼影響？不是十年或二十年。要是一百年、兩百年持續攝取高濃度的魔力會怎麼樣……」

「儘管是未知疾病，但感染者多半是大人，許多小孩子都平安無事。」

說明到這裡，克里夫轉向這邊。

確實，明明是流行性的疫病，孩子卻多半平安無事。

斯佩路德族雖然很難看出誰是老人，不過這顯然不是免疫力的問題。

「而且，攝入體內的魔力無法完全排出體外，我們應該知道這樣的例子才對。」

無法完全排出體外的例子……

是說七星嗎！

「你的意思是……這是杜萊病？」

有可以聯想到的地方。

初期症狀與感冒相像，在發病的同時倒下。可是這樣的話，奧爾斯帝德應該也……

不對，杜萊病是很久以前的病。說不定連奧爾斯帝德也不知道怎麼治療，甚至有可能連病名都不曉得。

嗯。只要在輪迴中沒有人得過這種病，奧爾斯帝德也不會知道。他也不太可能像我這樣從奇希莉卡那邊聽說。

「可是，也有許多不同的地方。瑞傑路德先生來到這座村落之後，應該沒經過那麼久。」

「的確……不過，那是因為他被冥王畢塔的本體附身過吧？說不定是因為這樣引起的。不管怎麼樣，至少有一試的價值吧？」

克里夫這樣說完，從包包裡取出了一盒箱子。

箱子裡面塞滿了各式各樣的藥草與種子。

克里夫從裡面取出其中一樣。雖然經過乾燥，但那是索咖司草。

「我預先料想到可能會發生這種狀況，就帶了一些過來。」

準備真周到。

「另外，還要用上這個。」

克里夫拿出的，是位於箱子角落的紅色果實。

「那是？」

「原本算是一種毒藥。用來攪亂體內的魔力。」

「毒藥……是嗎？」

「對。雖說是毒，不過也頂多是魔術師喝下，就無法使用魔法的程度。」

要是我喝了就如字面所述，相當致命啊……讓斯佩路德族喝下這種東西不要緊嗎？

「根據識別眼，這個在很久以前好像會和索咖司茶一起服用。上面寫著『可以改善索咖司茶的作用，當作茶點也不錯，會醉得恰到好處』。」

也就是說，奇希莉卡的判定並不是毒。

「只不過問題是……現在要是讓斯佩路德族喝下這個，不確定會發生什麼狀況。」

「……」

「照我的估計這樣就會治好。但是，也有可能會出現反效果。」

大概沒問題……雖然我這樣想，但病情或許會惡化，甚至有死亡的可能性。

沒有任何保證。

「算了，想破頭也無濟於事。去問問看吧。」

克里夫猶豫了一瞬間後這樣說道。

然後，他果斷地朝著診療所內大聲喊叫：

「針對你們的病，我有個藥想測試看看！有沒有人願意嘗試！」

「啊，等等，克里夫學長！」

聽到克里夫這句話，診療所內頓時鴉雀無聲。

他們望向克里夫，看著克里夫的衣服，有人臉色鐵青，也有人露骨地別過視線。

「一個人就好！我不保證喝了絕對會好！」

如果只是想確認效果，沒必要全員都喝。
一個人就好。但是，沒有任何人回應這句話。
「誰會相信米里斯教……」
某人喃喃說了這句話。
仔細一看，是當時在族長會議的男人。既然領袖級人物都這麼說了，實在不太可能有人出面。
可是該怎麼辦？總不能抓個人勉強他喝下去……
「由我、來喝……」
有人舉手。
他狼狽地挺起身子，以堅定目光望向這邊。撐住他上半身的人……是諾倫。
「瑞傑路德先生，你醒了嗎？」
「啊，對，哥哥。剛剛才醒的……」
回答我問題的人是諾倫。
可是，就像要蓋過那聲音似的，周圍開始鼓譟。
「瑞傑路德，你相信米里斯教的人嗎？」
「那場戰役之後，最常趕走我們的人是誰，你應該也知道才對！」
主要是斯佩路德族的年輕人在發言反對。

而且彷彿受到氣氛影響，醫師團隊也開口插話。

「我從來沒聽過有人會把那種來路不明的東西給病人喝！」

「你到底有沒有好好學過醫術？」

或許是醫師團隊的不安傳染到周圍，原本保持沉默的斯佩路德族也開始連聲抱怨。來路不明的藥。而且，還是身穿米里斯教團打扮的人拿來的。

有人宣洩不安情緒，有人表達出顯而易見的憤怒，令診療所更加混亂。

「你們想滅族嗎！」

然而瑞傑路德一吼，再次為診療所帶來靜寂。

剛才抱怨的人鐵青著一張臉，不發一語。剛才感到不安的人也紛紛低頭。

不過瑞傑路德怒吼之後連連咳嗽，諾倫見狀慌張地拍著他的背。

「這個男人是魯迪烏斯帶來的。我相信魯迪烏斯。有什麼怨言，就等我死後再說吧……」

他靜靜地說出這番話，沒有人提出異議。

從眼前的光景，就可以明白瑞傑路德．斯佩路迪亞這個男人的存在，對這個村落而言究竟有多麼巨大。

「好，那麼，瑞傑路德先生，就由你來喝這個藥吧。我話說在前頭，也有可能惡化或因此而死。」

「無妨，我已經活夠久了。死不足惜。」

不，我會惋惜的啊。我做這些與其說是為了斯佩路德族，不如說是為了瑞傑路德。

看吧，諾倫也擺出了「咦——」的表情。她和我的意見相同。

「如果要由瑞傑路德喝，不如由我來喝。」

在寂靜之中，一名男子舉手。

他是症狀較輕的年輕人。不過或許不是年輕人，其實已經上了年紀。

「我在魔大陸曾被瑞傑路德所救。既然我當時早該死了，如今也沒什麼好怕。」

以這句話為開端，有別人也舉手喊「我也是」。

而且是一個接一個。

「米里斯教不能相信。但是，瑞傑路德是我們的英雄。既然那個英雄都這麼決定，那我就服從吧。」

最終甚至連族長也舉起手。

然後，他以平靜的口吻說道：

「人族的年輕人啊，我為剛才的言行與無理態度向你賠罪。請你……拯救這個村子。」

「嗯，交給我吧。」

最後聽到這句話，克里夫重重點頭。

★
★
★

服用紅色果實與索咖司茶後，瑞傑路德等人睡著了。

看起來至少不像是在喝下之後立刻導致病情惡化而死。

結果……好像明天才會出來。

我不認為光靠索咖司茶就能解決一切。但希望好歹能改善一些。我心裡湧起這種想法，此時太陽也正好下山，便決定今天就先休息。

過夜的場所是瑞傑路德的家，不知為何，我自然地朝向那邊走去。

儘管沒取得瑞傑路德的許可，我還是想在這裡過夜。

「……」

諾倫雖然想陪在瑞傑路德身邊，但畢竟他睡著後實在無事可做，所以跟著我過來。

現在，我與諾倫隔著地爐面對面坐著。

沒有對話。聲音只有兩個。

柴薪燃燒的劈啪聲響，以及設置在地爐裡的鍋內熱水不斷沸騰的聲音。

鍋子裡面，加進了醫師團隊帶來的薯類與肉。

聽克里夫說村裡的糧食應該不要緊，但畢竟有可能是疾病的源頭，所以我實在不想碰。

「哥哥，瑞傑路德先生會沒事的對吧？」

諾倫喃喃地這樣說道。想必她很不安吧。我也很擔心。

「嗯，會沒事的。」

「真的嗎？」

「據我所知，克里夫一旦斷定要做一件事，就一定會全力以赴達成任務。所以，明天或許還是沒什麼起色，但總有一天會治好的。」

「瑞傑路德先生，能活到那一天嗎……？」

「不要緊的。妳或許也聽過，瑞傑路德先生在拉普拉斯戰役時曾遭到上千人的軍隊包圍，依舊殺出重圍活了下來。他不會死在這種地方的。」

現在只能這麼說。

「我好擔心……」

諾倫這樣說完，抱住膝蓋把臉埋進裡面。

氣氛很沉悶。

食材還要花點時間才會煮好。雖然沒必要勉強自己強顏歡笑，但垂頭喪氣也沒有意義。今天就只要吃飯睡覺。至少得調整好心態，把伙食吃下肚，好好睡一覺。

「話說起來，諾倫，妳學校那邊沒問題嗎？」

聽到我這樣詢問，諾倫只抬起半張臉。

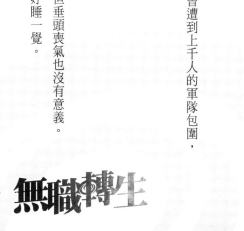

「……我已經畢業了。」

「呃，該怎麼說……那個，沒去看妳，對不起。」

畢業典禮果然也結束了嗎？

沒有任何人告訴我。

可是仔細想想也對，希露菲生了小孩……所以，已經到畢業的時期了。

像洛琪希應該可以告訴我啊……不對，在這個節骨眼告訴我這件事，我也只會困擾而已。

「沒來看我也沒關係。」

不，那可是諾倫的畢業典禮啊……我居然錯過這麼重要的活動。

該怎麼對天國的保羅交代……

「畢竟我又不是首席……」

「可是妳畢竟是學生會長，至少會上台演講吧？」

「當然是有上台致詞。可是，我講到一半時講錯，從台上下來時還差點摔跤，真的很狼狽。」

那樣的景象歷歷在目。

演講到一半講錯，雖然矇混了過去，內心卻驚慌不已，想說至少要瀟灑離去，腳卻踩空階梯，可是沒有摔倒，而是努力穩住身體的諾倫。

真想看啊。雖然諾倫的表情肯定很不開心，但我想錄影下來放在墳前供養。

「話說回來，妳說過在畢業前要辦什麼活動對吧。結果辦了什麼？」

「……克里夫學長畢業那年，哥哥不是和許多人決鬥了嗎？我們模仿那個情景，舉辦了鬥技大會。」

「鬥技大會！聽起來很有意思。可是不會危險嗎？」

「我們盡量壓低了風險。在規則上明定禁止殺人，並向學校借用聖級的治癒魔法陣，安排治癒魔術師在一旁待命，也麻煩老師們準備好治癒魔術的捲軸。除此之外也請參加者簽下契約書。所以雖然出現傷者，但沒有人因此死亡。」

那真是厲害啊。

如果到了魔法大學畢業生這個級別，彼此應該都能使用殺傷能力高的魔術。在這種狀況下居然沒人死亡。雖說有運氣成分，但想必得歸功於良好的體制吧。

「我也真想看看呢。」

「我想看在哥哥的眼裡，就像是小孩子打架。」

「可是，大會果然會教人雀躍。」

在前世當個家裡蹲的時候，我也參加過好幾次網路遊戲舉辦的線上大會。可惜的是沒有留下像樣的結果，但處在那種氛圍，光看也會覺得很有意思。

「話說起來，有準備優勝獎品之類嗎？」

「……準備了。」

說完這句話，諾倫嘟起嘴巴。

「學生會的大家彼此出錢，準備了花束、獎狀以及魔術杖。」

花束、獎狀以及魔術杖。

雖然得根據魔術杖的層級而定，但是在有限的預算當中算是砸下了重本。

「可是莉米一看到參賽者多半都是男人就說什麼『優勝者將會得到諾倫會長火熱的吻當作禮物——！』。」

「咦！」

「氣氛一時炒得很熱烈，害我騎虎難下……」

那是什麼？可以得到諾倫的吻的大會？

實在不像話。太邪惡了，豈有此理。要是我在場，肯定會蒙面參加，把比賽搞得一團亂……

不對，搞得一團亂也不好。

「所以……妳吻了嗎？」

「…………吻在臉頰上。」

臉頰上啊。

那還可以。可是，諾倫卻滿臉通紅地將臉埋進膝蓋，發出了「唔——」的叫聲。以諾倫來說算是越界了吧。過了一會兒，她直接以可愛動作倒向旁邊。

「優勝的學生，說一輩子都忘不了……我已經想忘掉了。」

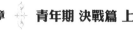

「這樣啊，那傢伙名字叫什麼來著？最好把住址及電話號碼一起告訴我，神祕的假面魔術師或許會幫妳連同那份記憶讓他一起從這個世上消失。」

「電話？」

「當我沒說。」

諾倫起身重新在地板坐好。不是體育坐姿，而是鴨子坐。

「總之，大會應該非常成功吧。」

「這不好說呢。我個人認為辦得挺不錯的，但也有幾個部分做得不好，感覺有很多地方需要反省。」

「那就是非常成功了。太好了呢。」

「……………謝謝。」

諾倫的臉染起微微紅暈，點了點頭。她的表情已經沒那麼消沉。

「好啦，也差不多煮好了。諾倫也要吃嗎？」

「我不客氣了。」

我盛了碗裝有肉與薯類的湯，遞給諾倫。

接著幫自己也盛了一碗。因為今天一整天都還沒吃東西，肚子快餓死了。

諾倫目不轉睛地盯著碗裡，啜了一口，過了一會兒喃喃說道：

「哥哥。」

「嗯？」

「謝謝你。」

「嗯。」

「可是，這個不好吃。」

真是抱歉。

隔天。

我與諾倫在日出同時，就移動到講堂診療所。

「……」

我內心牽掛的只有瑞傑路德的安危。總之多虧難喝的薯湯，得以好好睡了一晚。就算藥沒有效果，至少我確保了照顧病人的體力。

我做好某種程度的覺悟，打開了診療所的門。

「！」

映入眼簾的，是喧囂的場景。

直到昨天還猶如靈堂般的診療所充滿了活力。

不對，用活力形容就太誇張了。他們沒那麼有力。可是與昨天相較之下，大家的氣色看起來不錯。

「魯迪烏斯先生！」

一看到我，醫生便跑了過來。

「請看。克里夫先生做的藥，讓大家恢復了！」

有效。

看來索咖司茶有效啊。

「昨天喝了那碗藥湯後，病患都說突然產生了便意。我們安排護理師幫忙帶去廁所後，發現每個人都解出了藍色的水便，當他們腹瀉過了一段時間後，就突然開始恢復了精神。儘管重症患者依然不能起身，但想必再過一陣子就能站起來了！」

從早上就在講大便啊……可是等等，他說藍色的水便？

「現在我們正在調整藥湯給大家服用。哎呀，我當初居然質疑他，真是愚蠢。那就是連詛咒都能打破的天才，克里夫・格利摩爾呢！糟糕，不能再聊下去了。我還有職務在身，先告辭了！」

醫生單方面告訴我事情的來龍去脈後，便衝向患者的方向。

連詛咒也能打破，我記得沒這樣介紹過他啊，想必是克里夫這樣自稱的吧。

不過話說回來，藍色的水便。總覺得有點令人在意。

是什麼呢？藍色、藍色……

「魯迪烏斯。」

回過神來，眼前站著一個巨大黑影。是戴著黑色頭盔，身穿白衣的男人。

「啊，奧爾斯帝德大人。」

「你看過糞便了嗎？」

「……不，還沒有。」

我這樣說完，奧爾斯帝德便微微彎身，猶如低喃那般在我耳邊輕聲說道：

「那是冥王畢塔分身的殘骸。」

冥王畢塔。

聽到這名字的瞬間，內心突然湧起奇怪的想法。

說不定，是說不定而已，該不會疫病……其實並不是杜萊病吧？

冥王畢塔。

據說那個魔王將分身分散在整個村裡。而且藉此控制住病情。

我以為畢塔只是麻痺村民的感覺，對疫病置之不理……但是，畢塔或許已經把疫病完全治好了？

他只是為了威脅我才使用分身，讓村民的身體狀況看起來很差。在自己死後，竭盡最後的力量讓分身運作，而在腸內某處築巢的分身，遭到紅色果實與索咖司茶分解，被排出了體外……這樣嗎？

不，這也不過是我的臆測。

「你說得沒錯，確實該嘗試掙扎。」
「……對吧？」
算了，沒關係。算是克服了一道難關。冥王畢塔也完全被打倒了。就這樣想吧。
「克里夫學長現在人在哪？」
「他一整晚都在觀察患者的容態，直到快黎明才睡。現在，他應該與艾莉娜麗潔・杜拉岡羅德待在某處的空屋吧。」
這樣啊。畢竟他很努力嘛。讓他好好休息吧。
不過要是清醒，或許會直接與艾莉娜麗潔開始執行生第二胎的作業程序。
「剛才，瑞傑路德・斯佩路迪亞也清醒了。」
「真的嗎？」
「嗯，你去看他吧。」
「我先失陪了！」
我低頭致意，然後走向診療所的深處。
筆直走向瑞傑路德昨天睡的地方。
看到瑞傑路德了。他正坐在床上吃飯，氣色很好。
「瑞傑路德先生！」
走到瑞傑路德那裡的瞬間，諾倫衝了出去，抱住了瑞傑路德的腰。

「太好了……真的是、太好了……」

諾倫哭了。

諾倫真是愛哭鬼。瑞傑路德露出困擾表情，同時擦拭嘴角，將裝有糧食的碗放在一旁，撫摸諾倫的頭。

我好一陣子沒有出聲，默默看著眼前的景象。總覺得連我都快哭了。

「……魯迪烏斯。」

過了一會兒，瑞傑路德抬起頭。

「瑞傑路德先生……你已經不要緊了嗎？」

「嗯，雖然還無法揮槍，但沒有問題。」

這樣啊。太好了……真的是、太好了……雖然不是在模仿諾倫，但我也只能湧起這樣的心情。

「又受你照顧了。」

「……不用這麼說啦。而且請先別大意，畢竟還沒有肯定會完全康復。」

「嗯。」

與我開始對話後，諾倫一邊啜泣，同時離開瑞傑路德的腰間，用兩手遮住臉開始抽抽搭搭地哭泣。連耳朵都紅了。

「但是，我話先說在前頭，魯迪烏斯。」

「有什麼事嗎？」

看到他一臉嚴肅，令我湧起些許不安。

難道還有什麼祕密嗎？他要在這個當下，告訴我衝擊性的事實嗎？我這樣心想並端正姿勢，瑞傑路德對我這樣說道：

「痊癒後，我會成為你的力量。」

「……」

從胸口湧起的這種感覺是什麼？我是因為要和瑞傑路德再次成為伙伴而感到亢奮嗎？好開心。真的好開心。

「是，請你多多關照。」

我吞下從喉嚨深處湧起的某種情緒，強忍幾乎要奪眶而出的淚水，將手伸出。

「我才要麻煩你多多指教。」

瑞傑路德的手溫暖又有力。

## 閒話「對某人而言的誰」

從魔法大學畢業後，每天都閒得發慌。

吉納斯副校長姑且是有邀請我要到魔術公會工作，但我決定先暫時考慮一下。

我當然有興趣。既然我擔任過魔法大學的學生會長，自然會給我相符的待遇，更何況自己做過的事情受到認可，希望得到我的能力，這種事情我沒什麼經驗，真的很開心。

可是，如果要加入某個組織，需要獲得哥哥的許可。

如果是哥哥，肯定會說隨我高興就好……可是哥哥現在是有地位的人。我雖然不太清楚，但應該也會有所謂的派系鬥爭。萬一我想都沒想就加入魔術公會，加入了和哥哥敵對的派系，一定會給哥哥帶來困擾。

在各種意義上，我都想避開這個狀況。

所以現在的我還無法決定將來。

目前會陪總是一臉寂寞的露西遊玩，或是幫忙做家事。

以前的話，我可能已經對這樣的生活感到焦躁。

說不定會覺得與某人相較之下，自己完全不行，必須再更努力點才可以。

如果說我對無所事事的每一天不會感到焦躁，那是騙人的。

可是，實際上我也並非什麼事都沒做。

現在，家裡面沒有人留守。

不論是哥哥、希露菲姊、洛琪希姊還是艾莉絲姊，甚至連愛夏都不在。

可是，哥哥的孩子們在家裡。

比較小的兩個孩子還很年幼，而菈菈有雷歐陪著，雷歐總是會跟在身邊照顧她，可是露西卻不一樣。

她看起來總是很寂寞。

儘管艾莉娜麗潔小姐偶爾帶克萊夫過來時，露西就會和他開心地玩在一塊，但是當他們倆一回去，露西要不是從二樓窗戶寂寞地看著玄關的方向，不然就是在衣櫃中抱著膝蓋啜泣。

因為她在忍耐。

居然非得讓這麼小的孩子學會忍耐，哥哥現在的工作到底有多麼辛苦呢？

我雖然這樣想，但以前在我小的時候，爸爸的工作也很辛苦。

那是現在不處理的話，狀況就會演變得愈來愈糟的工作。

所以，哥哥他們肯定也是處於很艱難的狀況。因為看重家人的哥哥，不可能會讓自己女兒留下寂寞的回憶。

雖然我也沒聽他說過詳情，但肯定是這樣。

話雖如此，我也能了解露西的心情。

我也一樣因為爸爸沒有回來而感到寂寞。

所以當她像那樣感到寂寞的時候，我會積極地陪她遊玩。

雖說是陪她遊玩，但也沒做什麼大不了的事情，我們頂多是去釣魚，去參觀大學，到圖書館唸書給她聽，去鎮上買東西，或是一起幫忙做家事。

由於我本身沒什麼稱得上興趣的喜好，遊玩的種類實在很狹隘。

可是，露西卻很開心，最近還會親密地叫我諾倫姊姊。

尤其是和露西一起製作她專用的釣具那次她特別開心，現在幾乎每天都會要求我帶她去釣魚。

如果是在鎮上倒還好，但我們會經常釣魚，甚至會到鎮外的河川。

儘管我姑且也會使用劍術與魔術，但若是發生萬一，我沒有自信能好好保護她，所以會拜託目前在當冒險者的大學學弟妹擔任護衛，但他們也並非每次有空，況且我也盡可能不想太依賴他們。不，我當然會付委託費，而且要是提出委託，想必他們會拋下其他工作，二話不說接下。

所以我和露西約定，每十天才能像這樣到鎮外去釣一次魚。

由於只要不離開鎮上就沒有問題，我偶爾也會帶她到魔法大學校地內的池塘釣魚……但或許是因為那裡釣不到大獵物，露西總是興趣缺缺。

不管怎麼樣，今天就是那十天一次的釣魚日。

我帶著露西到河邊釣魚，她釣到了至今為止最大的一尾。

露西露出滿面笑容，對負責護衛的學弟妹炫耀自己的成果，令現場充滿溫馨氛圍。

★★★

釣完魚回來之後，我就收到了聯絡。
我和露西一邊說著「下次再去更上游的地方看看吧」，同時打開家門，發現……
克里夫學長在我們家。
那個應該在畢業之後，就回到米里斯的克里夫學長。
「咦？克里夫學長？」
「噢，諾倫也回來了嗎？我為了來這邊稍微費了一些工夫。」
「咦？啊，是……可是，為什麼……」
「妳沒聽說嗎？」
克里夫學長露出狐疑表情，然後說出我難以置信的話。
「我聽說斯佩路德族的村落有疫病蔓延，需要我的協助。」
聽到這句話，我的心跳頓時加快。
斯佩路德族陷入危機，哥哥因此向各國求援，呼叫治癒術師與醫生。克里夫學長回應了他的請求，說服米里斯神聖國，打算火速趕往現場。
儘管克里夫學長為我說明了前因後果，但我的腦袋甚至塞不進一半。
「即使斯佩路德族的村落毀滅，好像也不至於會打輸這場戰鬥……但我聽說魯迪烏斯的恩人也有危險。」

魯迪烏斯的恩人。聽到這個詞彙，令我快速拉回意識。

「那個，恩人的名字是……？」

「嗯？噢，記得應該是叫瑞傑路德吧。」

聽到這個名字，我知道自己轉眼間臉色蒼白。

「很危險……嗎？瑞傑路德先生……」

「……啊，對喔。之前曾聽妳說過，他也是妳的恩人對吧。」

瑞傑路德罹患疫病，命在旦夕。

聽到這個消息，我的思考完全停止。

腦裡浮現了昔日往事。

瑞傑路德先生在米里斯給了我蘋果，從米里斯把我帶到夏利亞時，讓我坐在他的大腿上聊各種事情……

在我哭泣，耍脾氣，導致旅途中斷的時候，也絕不會怒吼，而是溫柔對待我的那個人，居然……

「妳也要去嗎？說不定能幫上什麼忙。」

「是！當……」

當然要去，原本打算這樣回答的我，不經意地望向腳邊。

那裡有一對眼睛。

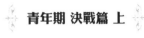

看似不安的眼神。蘊含膽怯的眼神。

「……唔！」

她與我四目相對後，立刻別過視線，像是逃走那般用跑的離開房間。

我沒辦法追過去，但或許是下意識想留住她，只有手伸了出去。

沒有握住任何東西的手在虛空徘徊，順勢滑落。

過了一會兒，我開口回應：

「……不，我要留在這裡。」

「這樣啊……我知道了。」

克里夫學長沒有多問。

他沒有像以前一樣幫我指點迷津，告訴我該怎麼做。

「我打算明天早上出發。要是妳改變心意，明天再到奧爾斯帝德的事務所來吧。」

克里夫學長這樣說完，向莉莉雅小姐問候了一聲，便離開家裡。

他好像是為了答謝我們家幫忙照顧艾莉娜麗潔小姐與克萊夫，才專程過來一趟。

目送克里夫學長離開後，我開始尋找露西。

我爬上二樓，逐一巡視房間。

我立刻就找到了露西。小孩子像這種時候會藏在哪，我再清楚不過。

她待在希露菲姊的房間，抱膝坐在床上角落。

「……」

我坐在她旁邊。一語不發，不說任何一句話。

因為我很明白，像這種時候無論說什麼都會惹她生氣。

「……」

寂靜的時間持續了一陣子。

莉莉雅小姐有來悄悄地觀察狀況一次，但她一看到我後就擺出歉疚表情走回去了。該怎麼說，莉莉雅小姐這個人其實有點不太了解孩子的心情，想必是認為自己在這種狀況派不上用場吧。

不過，除了我自己以外的小孩在想什麼，其實我也不是那麼明白……

內心這樣心想的我，只是靜靜坐著。

「……諾倫姊姊，妳也會不見嗎？」

過了一會兒，把臉埋在膝蓋的露西，以快哭的聲音喃喃這樣說道。

「不會。我會待在露西身邊喔。」

我這樣回答。

這是我的真心話。

當然，我聽到瑞傑路德先生有危險，當然很想飛奔過去。

而且也對哥哥為什麼不告訴我這件事感到氣憤。

不過與此同時，我也放棄了，因為我察覺到自己就算去了肯定也是無能為力，所以也理解到哥哥為什麼不告訴我這件事，既然這樣，我更應該留在家裡照顧露西。

嗯。我上學之後，雖然變得能稍微像普通人一樣，有能力做到某些事情，但若是連哥哥也感到棘手的事態，我肯定什麼也辦不到。可是，我至少能像這樣陪在露西身邊。

「瑞傑路德，是誰？」

「是非常照顧露西爸爸的人。」

「那姊姊呢？」

「咦？」

「姊姊一聽到瑞傑路德，就露出和爸爸一樣的表情。」

與哥哥一樣的表情……就算這麼說，我也不知道那是什麼表情。

不過因為是哥哥，想必是擺出得立刻趕去幫他的那種表情吧。

「當然，他也是很照顧姊姊的人喔。」

「……」

「姊姊在和露西差不多年紀的時候，必須要和爸爸……就是露西的祖父，以露西的角度來看，就是必須和爸爸分開喔。」

「和爸爸分開……？」

「嗯。姊姊因為這樣覺得很孤單，一直在哭。後來是瑞傑路德先生來到我身邊，溫柔地撫摸我的頭，教我玩遊戲，為了不讓我覺得無聊還將往事告訴我，讓我不再哭泣。」

「……」

我一邊想起從前，同時道出自己與瑞傑路德先生的回憶。

在米里斯相遇時的事，與他重逢時的事，從米里斯到夏利亞這段旅程的事。

瑞傑路德先生一直很溫柔。

他有著與爸爸不同的溫暖。

愈是憶起往事，就愈想飛奔到瑞傑路德先生身邊。

變得開始想咒罵自己，為什麼我可以什麼都不做呢。

可是，即使在他因為疫病受苦時趕去，我也什麼都辦不到，一想到這裡，就快哭出來了。

「瑞傑路德先生呢，嗯，就是這種人……」

說到一半，我連自己怎麼形容的都不曉得，最後以這樣做了結論。

我也不清楚自己說的是否有讓露西明白。

或許在她聽來不是很有趣。因為這番話就像是為了讓我自己滿足才說的。

我這樣心想並望向露西，她目不轉睛地盯著我。

她早已停止哭泣，眼神中蘊含著力量。

「露西……為什——」

「那個啊。」

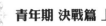

彷彿要打斷我說話那般，露西這樣說：

「那個，紅媽媽有教過我。她說守護某人很重要，說必須要讓自己變強才行。所以，那個，諾倫姊姊啊。」

她講話有些口齒不清，是小孩子特有的那種沒有條理的講話方式。

露西挺起身子。

然後她抓住了我的手。

「諾倫姊姊在危機的時候啊，我絕對會去救妳喔。」

「這樣啊？謝謝妳。」

我不知道從剛才那番話為什麼會蹦出這樣的結論，只好邊苦笑邊道謝。

「我在露西陷入危機的時候，也會趕到妳身邊喔。」

「不對！」

可是，我誤會了。

露西想說的事情，與我所想的事情並不一樣。

她並不是抓住我的手，並不是握住我的手。

她其實是在拉著我的手。

是為了讓我站起來而這麼做。

「諾倫姊姊，就是瑞傑路德先生。」

「……？」

「所以說，諾倫姊姊，妳也必須要去瑞傑路德先生那邊。」

此時，我總算發現露西想說什麼。

她是在叫我過去。

她的意思是若瑞傑路德先生陷入危機，我就應該去幫他。

因為如果是她就會去，知道在自己寂寞時願意陪在身邊的那個人有難，她不會見死不救。

「可是，這樣好嗎？露西，妳不是感到很寂寞嗎？」

「我不會寂寞。因為諾倫姊姊教了我很多很多事情。我現在也會釣魚，書也可以一個人念了。」

她不可能不感到寂寞。

我明白這件事。

她隱藏了自己的真心話，在說自己會忍耐。

比起自己會感到寂寞，更以讓我報恩為優先，她是這個意思。

就算還小，她卻是能做出這種決斷的孩子，是能說這種話的孩子。

「我會變得像諾倫姊姊一樣，姊姊一定要去才可以！」

我認為自己不該過去。

我認為自己必須要照顧露西。

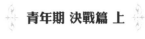

我認為不應該讓她學會忍耐。

但要是我這麼做，露西肯定不會再和我玩了。

再也不會像今天一樣，笑容滿面地炫耀自己釣到的魚吧。

我不由自主地這樣認為。

「……」

我挺起身子。

露西繞到我的背後，往屁股推了一把。

就像在示意我快點離開家裡。

「我知道了。那麼，我走嘍。」

「嗯！」

露西不再擺出寂寞的表情。

而是擺出興奮、振奮，充滿驕傲的表情。

★　★　★

就這樣，我被趕出了家門。

雖然好歹有讓我準備一下，但我幾乎是以兩手空空的狀態前往克里夫學長家，拜託他帶我同行。

克里夫學長以理所當然的表情答應了這件事，然後幫我做好準備。

接著，我們在朝陽升起時離開夏利亞，前往奧爾斯帝德大人的事務所。

因為轉移魔法陣就在那裡。

「……」

在踏進奧爾斯帝德大人的事務所前一刻，我不經意地望向鎮上。

在日光的照耀下，迎接早晨的夏利亞鎮。

感覺，從前被瑞傑路德先生帶來這個城鎮時，也看過似曾相識的光景。

此時，我突然想起露西說的話。

「諾倫姊姊，就是瑞傑路德」。

「……」

看樣子，我也對露西做了從前瑞傑路德先生對我做過的事。

注意到這件事，我不禁眼淚盈眶。

「諾倫，妳在做什麼？要走嘍。」

「啊，是！」

在克里夫學長的催促下，我走進事務所裡面。

同時下定決心，回來後要再和露西去釣魚。

## 閒話「畢塔與拉克薩斯」

黏族，過去曾被稱為魔獸。

他們棲息在魔大陸深處的森林，是史萊姆狀的生物。

會進入水果或生物的屍骸，寄生在將其吃下肚的生物體內共同生存。那種生物就是黏族的源頭。

然而，某一天，某個個體，遭到某個人物捕獲。

而那名人物，用該個體進行了各式各樣的實驗。

他讓其寄生在所有生物，吸收所有物質。

結果，該個體獲得了智慧。

那名人物很滿足這個結果，將該個體放回大自然。

該個體回到群體，將智慧分給了其他個體。

就這樣，這群低知性的寄生生物獲得了智慧，成為了黏族。

雖說獲得智慧，也沒有因此而特別強大。

之所以被視為魔族的一種，是因為他們可以溝通，而且擁有醫治宿主傷勢與疾病的能力。

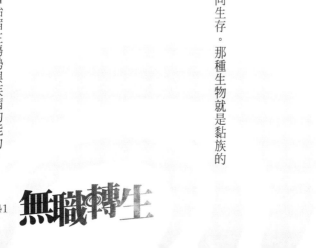

在人魔大戰，他們經常會寄生在魔王以及魔王軍的幹部身體，以高度的智慧幫助他們。

為了讚揚其功績，甚至有個體受到魔界大帝奇希莉卡．奇希里斯賜予魔眼，成為魔王。

但是，並沒有出現能特別受到表揚，在歷史上留名的特別人物。

直到被稱為畢塔的個體誕生之前。

黏族是寄生生物。

他們就算不寄生在強力個體，基本上也能存活，但大部分的個體會與成為宿主的生物共生共死。

雖說他們會提供寄生的對象知識以及建議，但基本上無法隨心所欲地操控宿主。

雖然能支配宿主的身體，但必須在對方處於毫無抵抗的狀態下花上好幾年時間。

若對方不是處於腦死狀態，要侵占那具身體是不可能的。

然而，畢塔不同。

他與生俱來就是特別的個體。

因為他能透過幻術，令寄生的宿主作夢。

他是神子。

擁有能持續讓宿主作著幻夢的力量。

換句話說，他可以讓宿主陷入好幾年的昏睡狀態。

等同於腦死狀態。

沒錯，換言之，畢塔是黏族史上第一個能支配其他生物的存在。
話雖如此，他出生以來從未有過巨大野心。
他對自己的能力沒也有自覺。
他之所以得知自己的能力，是年幼的他在好奇心的驅使下，離開故鄉的洞窟出外冒險，卻差點死去的時候。
他第一次看到名為「河川」的存在。
他在好奇心的驅使下衝進河裡，卻因為水流導致黏液四散，只剩下核心。
形成黏族身體的黏液，對黏族而言是非常重要的器官。
那是手腳也是嘴巴，更是胃，甚至是守護身體的皮膚。
換句話說，在僅剩核心的狀態下即使鑽進其他生物體內，他也無法保護自己不受那名生物的胃液侵蝕，根本難逃一死。
畢塔自己動不了，也沒有守護身體的黏液，他只能等待死亡。
他被沖到海邊，遭魚吃進肚裡。
逐漸失去意識的他作了個夢。
在夢中，他遇見了神。
然後他收到神的建議，得知從水分讓黏液復活的方法，以及自己真正的力量。
他讓魚作惡夢將自己吐出來，從海水創造黏液，接著再次讓魚吞下，侵占了魚的意識與身體。

接下來，讓那頭魚被更大的魚吃下，再讓鳥吃下大魚，最後讓魔王吃下那隻鳥，藉此侵占他的身體。

一切都是遵從人神的建議而做。

畢塔支配的，是曾在拉普拉斯戰役大顯身手，非常強大的魔王。

支配那個魔王之後，畢塔是這樣想的。

自己如今已是全知全能。

過度膨脹的畢塔做出了極盡殘暴的行為。

殺害、掠奪，並以此為樂。

他本身從未想過，破壞的行為會讓自己如此陶醉。

恐怕是遭到宿主的性質影響所致。

話雖如此，畢塔的暴虐行徑並沒持續太久。

因為有人試圖阻止畢塔。

那人名叫拉克薩斯。

他是畢塔的宿主，也就是那名殘暴魔王的部下，這名男人也是當初與魔王一同在拉普拉斯戰役奮戰到最後的戰友。

這個男人的實力之高，甚至讓周圍的人稱他為死神。

他長期出外旅行，一回到殘暴的魔王身邊，就說了這句話。
「你是誰？你把他怎麼了？」
畢塔報上名號。
愚蠢的魔王已經死了。現在我才是魔王，不，我是冥王畢塔大人。
這番話令拉克薩斯大為光火，決心與畢塔一戰。
畢塔以為自己能綽有餘裕戰勝對手，卻一瞬間就慘敗給拉克薩斯。
瞬殺。
畢塔在宿主死前，將核心轉移到他人身上，逃之夭夭。
他支配了那名宿主，暫時鬆了口氣。
儘管比不上魔王，但這名宿主也有一定實力。
話雖如此，由於他寄生過魔王，藉此學習到人類社會的許多規矩。也想到了好幾種換到更強宿主的方法。
忘記一切，重頭開始。
畢塔這樣心想，卻偏偏忘了一件事。
畢塔一旦離開宿主，宿主就會恢復神智。
因為拉克薩斯而身負瀕死重傷的魔王也不例外。
沒人知道清醒之後的魔王與拉克薩斯說了什麼。

但是，魔王至少將自己的悔恨傳達給了拉克薩斯。

於是拉克薩斯追了上去。他追著畢塔，直到天涯海角。

無論畢塔寄生在什麼樣的宿主身上，他總是會找出來，殺死畢塔的宿主。

至於他是如何判斷出畢塔在哪，畢塔本人在很久以後才得知真相。

因為拉克薩斯用自己開發的魔道具，找出遭到黏族寄生的存在，二話不說將其殺害。

他甚至還直接殺進畢塔出生的故鄉──黏族的洞窟，將他們全滅。

而這股不容分說的氣勢，已足以讓畢塔嚇破膽。

他知道自己喚醒了沉睡的獅子。

畢塔雖然感到害怕，但是他並沒有只顧著逃跑。

他確信要活下去一定得殺死拉克薩斯，決定主動出擊打破這個局面。

即使是拉克薩斯，一旦遭到畢塔寄生，肯定也不是幻術的對手。

他這樣確信，決定先寄生在拉克薩斯用魔道具確認過的熟人身上，藉此靠近拉克薩斯，再找機會寄生他。

但是，這個作戰並沒有成功。

因為拉克薩斯的熟人得到了某個魔道具。

「骨戒」。

拉克薩斯用殘暴的魔王遺骨，打造了一只專門用來殺死畢塔的戒指。

畢塔差點就死了。

運氣很好的是，拉克薩斯的熟人比他還要天真。

「雖然對拉克薩斯很不好意思，但能久違地見到她一面，我很開心。」

他這樣說完，就放畢塔逃走了。

他讓畢塔寄生在附近的狗身上，畢塔感到挫敗，黯然從他身邊離開。

畢塔選擇逃離拉克薩斯。

因為寄生在拉克薩斯的熟人身上時，畢塔得知拉克薩斯為了將他逼到絕境，究竟費了多少心血。

他很肯定自己絕對會被殺。

自己沒有對抗他的策略。

此時，人神提示他該逃到哪裡。

他從狗將寄生對象變為飛龍，離開魔大陸，前往天大陸的迷宮「地獄」。

該處環境嚴苛，任何人都無法從這活著回去，但對於身為黏族的畢塔無關。

他在迷宮中依序改變寄生對象，最後寄生在迷宮的守護者。

在那裡，畢塔總算得到了安寧。

天大陸的地獄。

該處陷阱重重，而且每道陷阱都有著過於龐大的質量，並非人類所能踏入的場所。

就算是那個死神拉克薩斯，也無法抵達最深處。
而且，畢塔也因為畏懼拉克薩斯，而不打算從那裡離開。
給予畢塔的只有時間。
讓守護者作夢，支配身體之後，唯獨時間不斷流逝。
這段時間足夠讓畢塔回顧自己的人生，加以反省。

後來，他從人神那裡聽說黏族除了畢塔之外已遭到全滅。
人神告訴他這件事，同時嘲笑畢塔。
嘲諷他都是因為你才會導致黏族全滅，哈哈大笑。
畢塔雖然對自己的種族沒有牽掛，但是他很後悔因為自己的愚蠢行為而招致這樣的結果。
如果是從前的畢塔，肯定不會這麼想。
或者說之所以會這麼想，是因為守護者的本體是很細心的魔物。
不管怎麼樣，畢塔反省了，他下定決心要在這裡度過悠久的時光。
直到人神再次向他搭話。

「嗨，從前笑了你，不好意思啊。」
畢塔並不在意。

反而開心地歡迎救了自己性命兩次的人神。

「其實我現在很傷腦筋，希望你能幫我。」

畢塔猶豫了。

曾關照過自己的人神主動求助，他認為答應是理所當然，無奈他很怕拉克薩斯。

「拉克薩斯已經死了，不要緊啦。」

人神這樣說完，把拉克薩斯當時死得有多麼遺憾，死得有多麼丟臉告訴畢塔。

遺憾還是丟臉什麼的，對畢塔而言根本無所謂，然而這讓他鬆了口氣，決定要助人神一臂之力。

話雖如此，自己是這裡的守護者，無法離開迷宮的頭目房間。

可是，就算殺了長久以來關照自己的守護者，他也無法憑一己之力移動，所以沒辦法出去外面。

他說完之後，人神這樣回應：

「不要緊，我叫人去接你了。到時作戰也交給他來負責，你要好好聽他的話喔。」

然後人神就消失了。

過了一陣子，名叫基斯的魔族出現了。

畢塔想說真虧他能來到這裡，仔細一看才發現他騎著在某處曾看過的魔王，這才明白。

畢塔讓守護者陷入沉睡，再讓守護者將他吐出來，移動到基斯帶來的瓶子裡。

「你就是畢塔嗎？總之請多關照啦。你有好好聽見我說的話吧？」

基斯一邊移動一邊告訴畢塔作戰概要。

簡而言之，就是前往斯佩路德族的村落，控制該處的所有居民，並在這個狀態下伏擊一個叫魯迪烏斯的男人。

魯迪烏斯肯定會試圖治好疫病，畢塔要在這時巧妙地爭取時間。

最後是配合基斯與伙伴們衝進去的時機轉移到魯迪烏斯身上，令他無法行動。

僅此而已。

只不過，就好像以為畢塔沒在聽他說話那般，基斯在最後喃喃這麼說道：

「關於那個疫病啊……該怎麼說，我以前曾被瑞傑路德老大救過一命。戰鬥結束之後，看到他們一族全滅，實在是有點於心不忍啊……」

畢塔聽見這番話，想起因為自己而全滅的黏族。

他想起儘管沒有牽掛，以前也曾因自己毀滅了種族而感到後悔。

他想起這件事，同時決定如果治好他們也能執行作戰，就那麼做吧。

這樣心想的他，現在還不知道。

拉克薩斯的執著，依舊盤據在世界的某個角落。

# 第八話「首都」

安靜的住宅。

擺放在房間中央的地爐之中，鍋子每隔一會兒就會晃動。坐在鍋子前面的是綠色頭髮的男子，瑞傑路德。

我隔著地爐，與他面對面坐著。

「……」

沒有對話。我與瑞傑路德之間只有沉默。

我們無話可說。不，正確來說是沒有說話的餘裕。我的神經，現在全都灌注在眼前的東西。不允許失敗。我屏氣凝神注視眼前的東西，等待那一刻的到來。

「！」

於是，時機終於成熟。

我緩緩伸手……熄掉了地爐的火。

可是還不行。我不能慌張。

我的動作就這樣停止了十分鐘左右。經過十分鐘，我總算大喊。

「瑞傑路德先生，你做好覺悟了嗎？」

「嗯，無妨。」

聽到這句話，我將手伸向放在旁邊的物體。

那是外觀純白，表面光滑，猶如蛋狀的……也沒什麼猶如，就是雞蛋。

「……」

我把蛋打在碗裡，以筷子攪拌。

我行雲流水地完成這一連串的動作。彷彿是我與生俱來就學會這種技巧。

江山易改，本性難移。

只要訓練過怎麼騎腳踏車，不管經過幾年也不會忘記怎麼騎。兩者的原理是相同的。

不對，我搞不好根本沒訓練過。這個動作，可能是我剛出生時就學會了。換句話說，就是本能。

蛋現在攪拌均勻了。

我再次重複了這個動作。現在手邊有了兩個把蛋攪拌均勻的碗。這個部分就先這樣，我把手伸向鍋蓋。

「……好。」

我拿開鍋蓋觀察裡面，點了點頭。

蒸得熱騰騰的白米飯，就在眼前發出雀躍的聲響。房間當中頓時瀰漫著熱騰騰的米香。這種香味使得唾液湧上嘴巴，令我不禁嚥下。

我雖然很想直接把米扒進嘴裡，但還是強忍衝動，溫柔地從鍋底翻動白米。

接著將碗拿在手上，把剛煮好的白米盛進碗裡。

量正好一碗，不能太多也不能太少。

然後拿起筷子，在米飯正中央挖一個洞，將剛才攪拌均勻的雞蛋倒入洞裡。

白米頓時染上一層金黃色。

但是，還沒完。

接下來的這個工程，正是我來到這個世界後直到現在，一直在渴求的動作。

我拿起放在旁邊的小瓶子。從小小的瓶嘴，緩緩地將內容物倒進金黃色的白米。

從瓶嘴倒出來的是黑色液體。顏色漆黑，乍看之下猶如毒藥的液體。

這是醬油。

淋上的量是一圈。兩圈其實也可以，總之先以一圈試試。這樣的動作，使得金黃色的白米被汙染成黑色。看著這好似布丁的色澤，令我的肚子猛然作響。

別慌張。馬上就吃得到了。

我就是為此才準備了四米杯的飯。而且從今以後，只要想吃隨時都可大快朵頤。

正因為這樣，我才要珍惜第一次，珍惜這個瞬間。

「……請用。」

「嗯。」

我遞給瑞傑路德。

他收下碗，等著我一起享受。我立刻重複同樣的動作，做了同樣的東西。

「那麼，我開動了。」

我雙手合十，低頭行禮。

以左手拿碗，右手拿筷。張大嘴巴，把第一口塞得滿滿的。

「——！——哈呼！」

就是這個。就是這個味道。完美。雖然不是頂尖等級，但就是這個。我一直在追求的味道就是這個。

「嗯唔……哈……哈唔……！」

一口、兩口、三口。

我沒有說話，只是吃下、咀嚼、吞進肚子，有時吐氣，將飯連同呼吸一起下嚥。

只是不斷地狼吞虎嚥。

「……我吃飽了。」

回過神來，我的碗已經空了。

幸福的時光在一瞬間就結束了。吃完後雖然湧起滿足感，同時也覺得意猶未盡。

但是在吃第二碗前，我望向眼前的男子。瑞傑路德也是默默地吃著。

儘管這個男人從以前就不會在用餐中說話，但感覺比平常更加沉默。不，在場的只有我和瑞傑路德。因為我沒有主動搭話，兩人沒有交談也是情有可原。

可是，他吃飯的速度應該不慢才對。看起來還沒吃到半碗。

不，是我吃太快了嗎？

「那個，哥哥。」

「唔喔！」

我正這樣想，諾倫不知不覺就坐在地爐旁邊。

「諾倫……妳是什麼時候……」

「也沒有什麼時候，我才剛進來。在哥哥吃東西的時候……我姑且也有叫你一聲了。」

這樣啊，是在我吃飯的時候進來的嗎？

「你們在吃什麼？」

「這是大餐喔。諾倫也要吃嗎？」

「……嗯，我吃吃看。」

諾倫瞥了瑞傑路德一眼，然後點頭回應。

我立刻將飯盛進碗裡。把蛋打均勻，放進碗，淋上醬油。整個動作一氣呵成，連十秒也不到，但我保證味道不會有問題。

這就是專家的技巧。

「盡情享用吧。」

「這是什麼……」

「我的靈魂美食。」

「……我開動了。」

諾倫用手接過碗，開始緩緩吃了起來。

「……」

我在等，等著兩人吃完的那一刻，就坐在這裡等著。還沒嗎？快點。我想知道感想。其實沒有也可以，但我想知道。

「……」

當我正這樣想著，瑞傑路德吃完了。

「這就是你在旅行期間說過的那個嗎？」

「是的。你覺得如何？」

「很好吃。」

感想只有一句話。不過，這樣我就滿足了。在那趟令人懷念的旅行當中追求的東西，成功分享給旅行時的伙伴。這就是滿足。唯一可惜的是艾莉絲不在這裡。

「……我吃飽了。」

此時諾倫也吃完了。明明她才剛吃不久，吃得真快。

「如何呢，諾倫？這就是我在家說過的那個。」

「……相當好吃。總覺得是以前從未吃過的味道……是歸功於這個調味料嗎？」
「沒錯。這個醬油，可是萬能的調味料喔。不管淋上什麼都很美味。」
「哦……」
諾倫也讚不絕口。要是有機會在家裡做再讓她吃吧。
今天是紀念日。生蛋拌飯在這個世界誕生的紀念日。
「只不過吃下生雞蛋有可能會吃壞肚子，最後用個解毒魔術吧。」
「請不要讓大病初癒的人吃這種需要解毒的食物！」
在紀念日被罵了。

從那之後過了兩天。
斯佩路德族順利地恢復健康。
儘管還有許多人臥床休息，但輕症的人已經開始過著一如往常的生活。我注意到這點後，決定在村子角落蓋間暗室，用來種植索咖司草。雖然現在還沒搞清楚疫病的原因是因為土壤，或者是冥王畢塔所為，但萬一又發生相同症狀，有沒有這個想必結果會截然不同。
萬一原因在於冥王畢塔，若將來再出現相同病例，索咖司草應該不會有效果。
到時候，斯佩路德族還是有必要改變住處。
看是要移居到森林外側的位置，再不然就是以後蔬菜類都得從地龍谷之村進貨。

就看到時的狀況而定。

但不管怎麼樣，都需要獲得國家的認可。

雖說移住到阿斯拉王國也是個選擇，但斯佩路德族多半對此感到不安或是持反對意見。

他們似乎不願意離開定居已久的熟悉土地。更何況阿斯拉王國受到米里斯教強烈的影響。

儘管斯佩路德族對克里夫的態度軟化了，但他們對米里斯教團的恐懼依舊根深蒂固地留在他們心裡。

如此這般，為了與畢黑利爾王國交涉，我決定前往首都畢黑利爾。

目的有兩個。

讓他們接納斯佩路德族。而且還要解散討伐隊。

斯佩路德族整體都很冷淡不善交際，或許是因為持續遭到迫害才會顯得有些封閉，但他們是心地善良的種族。

畢黑利爾王國可能會稍微面有難色，但交涉的方法多得是。

最直截了當的方法，就是帶他們來這個村落。

實際來一趟，只要看到有些笨拙卻和善的大人以及天真無邪的小孩，就會知道他們很安全……我希望他們願意這麼想，但很難說呢。

畢黑利爾王國的視察團看到小孩，說不定會認為「居然連小孩都生出來了，必須盡快驅逐！」，就像是對待蟑螂那樣。

然而要是演變成那樣，還是建議斯佩路德族移居比較好。若是住在阿斯拉王國的北方，勢必又會給愛麗兒帶來負擔……但要是真的逼不得已，就用我的身體來償還吧。

不過，我覺得不會有問題。

再怎麼說，斯佩路德族的小孩都長得眉清目秀，惹人憐愛。

看到那樣的小孩拿著動物毛皮製成的球天真無邪地玩耍的景象，我相信大多數人都會心生愛憐。

「如此這般，我去一趟畢黑利爾王國。」

「嗯。」

「克里夫說要確認病情的變化，艾莉娜麗潔應該會陪在他身邊。諾倫似乎要繼續照顧瑞傑路德。奧爾斯帝德大人您打算如何？」

「我會留在這裡。克里夫．格利摩爾正在對疫病成因展開調查。從下次開始，說不定有辦法治好。」

奧爾斯帝德這樣說著，將飛過來的球砰一聲拍了回去。

只有一瞬間。我幾乎看不見他的手怎麼動的。然而，球卻像劃出拋物線那般，緩緩地回到小孩手中。

「既然是交涉，我沒有去的必要。」

「也是呢。就算有封印詛咒的頭盔……」

球再度飛來。奧爾斯帝德再次將球應聲打回去。

「令人厭惡的詛咒也並非完全消失。」

「是啊。」

球又被打回去了。

「可是，若有必要還是得麻煩您出面。因為即使有詛咒在身，只要看到您的身影，就有可能令對方感到畏懼。」

「好吧。」

又砰一聲打回去了。

「要叫他們住手嗎？」

我望向球飛來的方向，斯佩路德族的小孩正不斷地把球扔向奧爾斯帝德。

他們的眼神當中與其說是敵意，不如說是好奇心。就好像發現了一個奇怪的傢伙所以試著砸球看看。若沒有頭盔，扔過來的就不是球而是石頭了吧……

可是，或許是因為球會爽快地回到手邊，讓他們看起來莫名開心。

「沒有問題。這種程度，連攻擊都算不上。」

「啊，這樣啊。」

奧爾斯帝德想必也很開心吧。雖然戴著頭盔無法看到表情，但沒有不悅。

「您很開心嗎？」

「……還不壞。」

既然不壞就好。

「那麼，我出發了。」

「嗯。」

我向奧爾斯帝德問候一聲，便離開現場。

香杜爾與杜加已經在轉移魔法陣那邊等我。因為在我去首都的這段期間，要交給香杜爾在第二都市與情報販子接觸。

雖然狀況和預定不同，但我們判斷兵分兩路會更有效率。

杜加會作為護衛跟在我身邊，儘管感覺他目前還派不太上用場，但有總比沒有好。

「哎呀。」

途中我與瑞傑路德擦身而過。他讓諾倫以肩膀幫忙撐著，走得有氣無力。

「瑞傑路德先生，你已經可以走路了嗎？」

「稍微。」

瑞傑路德雖然嘴上這樣說，但我看到諾倫表情嚴肅，其實應該還不行吧。

「我現在準備去和畢黑利爾王國進行交涉。說不定會帶國家的士兵來到這裡，到時候，我希望能盡可能地歡迎他們。」

「知道了，我會向族長說一聲。」

瑞傑路德這樣說完，望向另一邊的奧爾斯帝德。

被逼到牆邊的奧爾斯帝德，以及接連朝他扔球的孩子們。

乍看之下很像霸凌的場景，但莫名有股暖意。想必是因為奧爾斯帝德會把球精準地打回去，逗孩子們笑得很開心吧。

「真是人不可貌相。」

「對吧？」

我揚起嘴角這樣說完，便離開現場。

★ ★ ★

我經由奧爾斯帝德事務所的魔法陣前往畢黑利爾王國。

當然，繞到事務所時我也確認過通訊石板。

札諾巴那邊沒什麼問題，愛夏＋傭兵團也沒問題。至於希露菲那邊還沒有聯絡。以轉移魔法陣的位置來看，距離稍稍遠了一些，這也是沒辦法的事。

洛琪希那邊稍微有了動靜。

據說她們調查鬼島之後，發現鬼神好像已經離開鬼島。

不清楚鬼神目前人在哪裡。只不過在鬼島這邊，目前好像煞有其事地流傳鬼族正在進行戰鬥準備。

還有，聽說艾莉絲很想過來這邊。因為她想見瑞傑路德。

我想也是。不過得麻煩她再稍微忍耐一下了。

另外，我也向各地發了一封以斯佩路德族的病情已逐漸好轉為主旨的訊息。

或許是因為幾天就解決了這件事，感覺就像製造混亂似的，但這也是無可奈何。

將這些事情辦妥之後，我再次戴上喬裝用的戒指，跳上連結到畢黑利爾王國首都的魔法陣。

札諾巴設置轉移魔法陣的位置，是距離首都大約半天距離，位在森林當中的廢村。

「師傅，本人已恭候多時。」

札諾巴在我抵達的瞬間，便低頭致意。茱麗與金潔也和他在一起。

「你在等我嗎？」

「是的。本人聽說師傅會來，就立刻前來迎接。」

真是尊師重道。

「不過，本人認為這是正確選擇。因為在這裡報告就無須擔心隔牆有耳。」

「原來如此。那麼，就先聽你的報告吧。」

「話雖如此，本人這邊並沒有什麼成果。」

札諾巴先打了個預防針後，把他目前為止的行動告訴我。

首先，抵達首都的他在找了旅社之後，便來到這座森林設置轉移魔法陣。之後，開始在首都蒐集情報。

此時，他得知了「國家正在召集討伐隊」的情報。在這個當下，就先透過通訊石板進行報告。這件事我也有看到。後來他得到的情報指出，北神也加入了討伐隊的行列。現在他一邊尋找基斯的消息，同時也為了掌握北神的動向而繼續蒐集情報。

狀況就是如此。

「簡而言之，目前算是一無所獲嗎？」

「非常抱歉，本人聽聞北神卡爾曼三世相當顯眼，以為立刻就能尋獲，萬萬沒想到……」

「不，你沒必要道歉啦。」

自從進入畢黑利爾王國之後還沒過幾天。

進入城鎮，設置魔法陣，開始行動。實際上的活動時間頂多才七天。現在就期望得到成果還太早。

「接下來才是重頭戲，我們一起努力吧。」

「是。」

可是，北神嗎……如果他真的加入了討伐隊，倒是務必想接觸一下。

但是那麼顯眼的人居然會找不到，令人覺得背後有什麼隱情。

像是北神已經成為了基斯的伙伴之類。基斯在畢塔被擊敗的當下判斷作戰失敗，眼見情勢對他們不利，所以帶著北神開始撤退之類。畢塔本身也有可能就是用來聲東擊西。畢竟很輕鬆就打倒他了。

不過基本上，基斯那邊也有可能還沒收到畢塔被打倒的消息，但這樣想就太過樂觀了吧？算了，就算真的是那樣，我也已經讓瑞傑路德成為我的伙伴了。光是這樣，這次來畢黑利爾王國就有價值。

「那麼師傅，我們走吧。由本人帶您前往首都。」

「好，拜託你了。」

不管怎麼樣，該做的事情依然不變。

我這樣心想，前往首都畢黑利爾。

畢黑利爾王國的首都總覺得很像西隆王國。氛圍都是位於中央大陸的中小國家會有的。在木材豐富的這個國家，幾乎所有建築物的建材都使用木頭。另外，城裡樹木繁多。或許是因為這樣，反而醞釀出一種獨特的氣氛。

可能也與我抵達的時刻是晚上有關。這個國家每到夜裡便會在道路兩旁燃起大量篝火。

不過除此之外，與其他城鎮倒是大同小異。

入口附近有行商與旅社。隨著愈靠近城鎮中心，市民、貴族以及住家也都愈發豪華，而在中央可以看到一座城堡。

城堡建在河川的匯流處。地理上與西隆的卡隆堡壘相似，就好比墨俁一夜城。（註：傳說墨俁城是木下藤吉郎在一夜之間建好）

再來，城堡後方的河川對面就是貧民區。

城鎮的配置與其他地方相同。

「好啦，接著得去見國王陛下一面。」

「可是，有辦法晉見嗎？在這種地方，愛麗兒陛下的威光也有極限……」

「唔——」

我在旅社其中一間房間，與札諾巴等人面對面思考對策。

札諾巴住的並非冒險者會住的旅社。而是居住在地區都市的貴族會住的高級旅社。該說有在賺錢的傢伙果然不一樣嗎？還是說我應該要事先告訴他別做出顯眼的舉動呢？不過這樣其實也不是那麼顯眼。

「混進討伐隊這個方法如何？舉辦誓師儀式時，國王陛下勢必會出面致詞，到時只要我們強行接近，就能確實晉見國王陛下。」

「那樣就太慢了。要是國家已經做好完全的準備，正要開始的時候突然被人臨時喊停，搞不好會因為騎虎難下而開始行動。」

事情有所謂的流程。

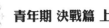

招兵買馬，收集糧食，補給武器。到了「好，出發」的這個階段，才有人說什麼「先等一下」，也有可能不會收手。畢竟執行這類行動牽涉到一個國家的威信，很難說停就停。

「雖然以目前的階段來說可能也已經太遲，但我希望能在討伐隊準備就緒之前，向他們說明沒必要攻打斯佩路德族。」

在準備階段就私底下告訴他們斯佩路德族的存在，由國家方面確保安全，再讓討伐隊獵個透明狼就打道回府。至於浪費的經費，其中幾成可以由我們這邊負擔。只要向奧爾斯帝德說一聲，他應該會願意出一定程度。

所以，我希望在討伐隊出發前，盡早和國王見上一面。

我一邊像這樣說明，同時思考方法。

「總之，先從正面去試個一次吧。或許會很引人注目，但到時得報上龍神部下的名號，根據狀況，還要借用阿斯拉王國，甚至是佩爾基烏斯的名義……如果這樣也不行的話再思考其他方法。」

但是想不到好方法，到頭來，也只能用普通的方式申請晉見。

隔天。

我們吃完早餐後，移動到王城附近。這座城堡果然也和西隆相像。

不論大小還是氛圍……可是建材大多採用木材這點倒是不像。

不對，怕火這部分也可以說很像札諾巴。

「我想大概會被拒於門外吧。」

「只要搬出愛麗兒陛下的名字，至少能見上一面才是。」

「可是這裡和阿斯拉王國沒有邦交……要是不好好按照流程去跑應該很難。」

「我們不這麼做嗎？」

「是不能這麼做。」

要和一國之王見上一面其實意外麻煩。以往的晉見跳過了許多階段，但原本得先透過該國貴族的人脈先預約時間，準備好衣服與馬車，提出能證明身分的物品，再交由城裡的文官進行核對，確認是足以信賴的人物之後，再重新調整國王陛下的預定，才總算能踏進晉見之間。

一般來說得跑這種流程。基本上沒有人脈是很困難的。

可是就算直接硬闖，也絕對不是不可能。

即使有人唐突出現，但若是重要人物，若是令國王想見上一面，自然會願意接見。

不過，要是太引人注目會被基斯察覺，因此手段有限。

但我已經打倒畢塔，就算他早就發現我來到這裡也很正常。

「那麼，札諾巴，要是太常一起行動而被人說閒話也不太好，接下來就交給我和杜加吧。」

「是。祝您馬到成功。」

我在人潮擁擠的地方與札諾巴道別，和杜加一起靠近位於渠道前面，類似衛兵值班室的地方。

明明天才剛亮，士兵們就忙著到處幹活。要是我突然說想晉見國王，該不會被當成可疑人物抓起來吧？我姑且是穿上一身貴族的打扮了……不過在這個連大使館也沒有的國家，我也不懂什麼才算正裝。

奇怪？這裡不是值班室？

總覺得有個像櫃檯的地方。

「抱歉，可以打擾一下嗎？」

「有什麼事？」

坐在櫃檯的是留了一把漂亮山羊鬍的男人。

從他身上服裝類似文官穿的貫頭衣來看，似乎不是士兵。應該先稱讚他的鬍子嗎？不，既然他都問有什麼事了，我就應該說明來意。

「其實，我想要晉見國王陛下。」

「什麼時候？」

「咦。啊，像是今天……可以的話希望能近日幫我安排一下……」

我自己這樣講也很奇怪，但好像不該用這麼可疑的做法。

算了，死馬當活馬醫。不行的話，就得承擔引人注目的風險，好好照流程申請。

「……」

鬍子男瞥了我一眼後，捲起了某種類似紙綑的東西。

「一枚金幣。」

「咦？」

「晉見國王陛下，需要一枚金幣。」

這是在索賄嗎？

「請收下。」

「確實收到……嗯？」

鬍子男定睛凝視收到的金幣。

然後使勁地用牙齒咬下去。難道有什麼問題嗎？其實是假金幣，只是我沒注意到之類……

「這個，是阿斯拉金幣吧？」

「啊，是。其實我的身分是這個……」

我一邊說著，一邊將愛麗兒託付的證章給他看了一眼。

「……」

反應不太好。鬍子男露出懷疑的眼神。阿斯拉王國的威光在這裡果然沒用。

看樣子是不行了。

我正這樣想，他卻過了一會兒就把金幣收入懷裡。然後翻了翻紙綑寫了些東西，把紙向著我這邊。

「在這裡寫上名字，還有晉見的內容。」

「啊，是。」

「等今天正午的鐘聲響起，你再來這裡一趟。」

「啊，是。麻煩你多多關照。」

雖然反應不佳，但給的小費可能起了作用。看來他似乎會幫我處理。

金錢的力量實在偉大。

總之，突破第一道關卡了。

正午，我待在晉見之間的休息室。

「……」

我很緊張。

我本來以為不會在今天之內晉見，結果到了王城之後，與櫃檯的鬍子男不同的另一名文官帶我來到了休息室，回過神來就是現在的狀態。接下來就輪到我了，再過一會兒想必就會被傳喚到晉見之間。

這種感覺就像自以為剛突破第一道關卡，等著我的卻突然就是最終頭目。

進展太過突然，害得我腦袋幾乎要一片空白。

不，冷靜下來，我姑且先在休息室向其他晉見者問了一下狀況。

只要是從正午過後的兩個小時之內，任何人都可以晉見這個國家的國王陛下。當然，美其名是任何人都可以，但還是有條件。首先，想晉見的話得支付一枚畢黑利爾金幣。

再來，每個人的時間是十五分鐘，一天只有八個名額。

只要付錢，任何人都能晉見國王，當場表達意見，提出質疑，請求協助。

要是覺得真的有問題就過來陳情，這就是這個國家的方針。

至於為何是金幣一枚，聽說是因為只要動員整個村子的財力，就勉強能湊到這個金額。

這樣便可以排除好事之徒，並找出真正的問題。

畢黑利爾王國是個比想像中還要好的國家。

不過，真正的問題反而可能在那種連一枚金幣都付不起的地方。

然而，既然能直接向國王陳情，任誰都會願意跑一趟。尤其是沒有機會與國王接觸的奸商，再不然就是為了爭求自己特權的都市區富豪因為無聊小事而來向國王陳情。

總之，我們今天去的時候似乎是理所當然地額滿。

但運氣很好，聽說有人取消預約。

真的是運氣很好。肯定是因為我付了相當於畢黑利爾金幣十倍價值的阿斯拉金幣，才讓我的運氣上升的吧。畢竟人對金錢沒轍。

不管怎麼樣，至少是好事。

晉見時間十五分鐘，不算太長。

我先冷靜點吧。要求只有兩個。只要表明自己是誰，清楚地表達自己的訴求，想必未來也會一片光明。

「魯迪烏斯先生，請前往晉見之間。」

當我正在胡思亂想，剛好叫到我了。

「那麼，我去去就回。」

「……哦。」

我向杜加說了一聲，深呼吸後挺起身子，走出休息室。

我遵從負責引導的文官指示在走廊移動，踏進了晉見之間。

晉見之間呢，嗯，算是C級吧。不算寬敞的格局，平凡的地毯，站得有些隨便的八名士兵。沒有特別像樣的裝飾。毫無威嚴。

不過，考慮到幾乎每天都要在這接見平民，這樣的布置或許恰到好處。以實務面來考量的話也算正常，我給三顆星。

「陛下，今日能見您一面，實在是榮幸之至。」

我走進晉見之間，抓準位置跪下膝蓋，低頭行禮。

過了不久，國王主動搭話。

「汝十分有禮。抬起頭來，說出汝的名字，並說出今天所為何來。」

我依言抬頭。

國王是名年邁男性。他看起來相當疲憊，感覺來日無多。說不定他罹患了疾病。

「我的名字是魯迪烏斯・格雷拉特。七大列強第二位『龍神』奧爾斯帝德大人的首席部下。」

「喔喔……汝說龍神……！」

國王掩飾不住驚訝之情。

反應難得這麼好。這個國王似乎知道七大列強是什麼樣的存在。或許是因為鬼族就在附近吧。

「與七大列強有關之人，汝找吾……不，找這個國家何用？」

「是，我耳聞您這次打算討伐有去無回之森的惡魔。希望您能中止這個行動。」

啊，不該講中止的。一時講錯話。算了，待會兒還能修正。

「汝說中止？」

「是。」

「說明理由。」

「因為住在森林裡的，並非惡魔。」

接下來，我說了斯佩路德族的事。

很久以前，恐怕是這個國家尚未建立之前，斯佩路德族就住在森林裡面。

斯佩路德族並非世間一般所說的惡魔種族。

當時，他們與附近的村子結下契約，狩獵透明魔物，防止周圍出現傷亡。

然而，這次由於全村染上疫病，導致透明魔物跑出森林。

現在藉由龍神奧爾斯帝德出手相助，才得以讓他們克服疫病，現在已經開始像從前那樣狩獵透明魔物。

我像這樣以簡短方式說明，並再三強調斯佩路德族是個善良種族。

「居然是那廝惡魔種族，還有透明魔物……事出突然，實在難以置信。」

「我想您會這麼說也是理所當然，因此我們這邊也準備了證據。話雖如此，若是不親眼見證，說再多都是白費唇舌。是否能請您派出這個國家的使者，實際確認狀況呢？」

讓他們見識斯佩路德族不為人知的生態。

用鍋子煮飯的女性、狩獵透明魔物維持生計的男性，敢把球砸向龍神玩耍的勇敢孩子之類。

「唔嗯……」

國王把手抵在下巴，陷入沉思。然而，他緩緩搖頭。

「即使汝所言屬實，事到如今也無法中止，吾國已經從全國各地聚集了勇士。」

「那麼，請您至少告訴討伐隊，居住在地龍谷深處的『森林之民』並非惡魔，請別攻擊他們。另外，由於透明魔物確實存在，我想就算到時只狩獵魔物應該也可以算完成任務……假如是金錢上的問題，我們這邊也可以幫忙負擔。」

「唔……」

再推一把。

「自古以來，斯佩路德族就在不為人知的狀況下保護這個國家。然而，他們如今也不想要求任何禮遇。他們只希望能在國家角落，不會打擾到別人的森林安靜生活……若實在不行，陛下不願意將斯佩路德族置於國內的話，到時就由我們這邊安排他們移居他處。」

「……汝似乎很袒護斯佩路德族啊。」

「因為我在年幼時期，曾被他們救過一命。」

我這樣說完，國王將手抵在下巴。

我瞥向視線角落，發現文官很在意時間。差不多要經過十五分鐘了嗎？

可惡，時間意外地短。

「時間到。晉見者請退下。」

「請您務必三思！這對國家而言絕非壞事！」

最後又推了一把，我往前踏出一步，低頭致意。

「……加利克遜、桑杜爾！」

聽到國王號令，兩名士兵走上前方。是留著凱薩鬍的士兵與馬臉的士兵。

看樣子是要把我趕出去了。我以為自己講得還滿有模有樣的，果然太臨時了嗎……

這次是失敗了，下次再……

「汝等跟著此人，去確認真相！」

「是！」

聽到國王這句話，我瞪大雙眼。

「這樣好嗎？」

「吾會派出士兵。不過，假如汝在撒謊，吾便會照預定派出討伐隊。」

稍微緊張了一下，不過至少他現在願意派士兵過去確認。

沒有一開始就否定，而是用自己的眼睛確認後再下結論。真是個不錯的國王陛下。或許是因為他每天聽人陳情，處理方式果然圓滑。畢黑利爾王國對奧爾斯帝德股份有限公司的信賴也一口氣上升了。太好了。

「感謝您的寬宏大量！」

我最後低頭道謝。

## 第九話「四天三夜　斯佩路德村參觀之旅」

我要帶著兩名士兵返回斯佩路德族的村落。

由於有士兵跟著用不了轉移魔法陣，所以我們以馬車移動。

首先花了一天移動到第二都市伊雷爾，在那邊投宿。原本想順便和香杜爾會合帶他回去，但他好像還沒找到情報販子，只聽了中途報告就結束了。

沒能找到基斯雖然令人氣餒，但還是得繼續趕路。

接著又花了一天時間移動到地龍谷之村。村裡一如往常熱鬧，老婆婆也很有精神地對傭兵們大喊趕跑他們。因為從那之後還沒經過十天，沒有變化也很正常。

雖然我想告訴老婆婆說「已經不要緊了，森林之民很安全」，但現在還早。

等到討伐隊解散後再說也不遲。

我思考著這樣的事情，在村子過了一晚，隔天一大早就踏入森林。

「以距離來說，只要在早上踏入森林，應該能在日落前抵達。請再堅持一下。」

「嗯。快點帶我們過去吧。」

「……腳開始覺得累了。」

這兩名士兵的抱怨有點多。

加利克遜。

他留著出色的凱薩鬍，與待在櫃檯的士兵長得很像。搞不好是兄弟。

只不過聲音與說話方式截然不同。比起鬍子士兵，加利克遜相當冷淡，給人粗魯的印象。

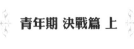

另外，他的個性急躁，做什麼都不喜歡等待。

我在旅社本來打算連他們的份也一起付清，但他在我還沒來得及開口之前就連我的份也付了，在路上才剛想說要準備柴火的瞬間，他已經開始拾柴了。

而且連魔物襲來的時候，他甚至還帶頭站到前面打算一戰。當然，魔物全都由我收拾了。畢竟要是讓他們受傷會很困擾。

桑杜爾。

他有著很長的一張臉。講難聽點就是馬臉。當然，他與某個諾克巴拉不同，基本上也不是馬。

個性與加利克遜相較之下顯得比較隨和。總是會掛著穩重的笑容，魔物出現連劍也不拔。但說他喜歡聊天倒也不至於。

沒必要時總是不發一語，如同貝殼那般沉默。

不過他好奇心旺盛，看到我以無詠唱使用魔術後顯得很驚訝，開始問東問西。

儘管看起來像士兵，但說不定是魔術師。

「……」

桑杜爾偶爾會對我投以別具深意的視線。

那個視線就像是在評估我。雖然感覺像受到監視一樣，但也沒辦法。

畢竟我是突然出現，進言要求討伐隊中止行動的男人。想必他有收到命令，要他千萬不得大意，一旦發現我有可疑舉動就這樣那樣之類吧。

會受到警戒也是情有可原，我本身也知道他們在觀察我的一舉一動。

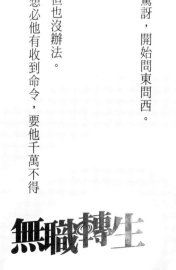

然而不知為何，總覺得莫名不自在。

不可思議的是，他們幾乎不太觀察杜加。畢竟杜加的外表木訥，不會認為他有騙人的腦袋。或許是因為他們這樣評估，才不對他加以戒備。

「斯佩路德族都是群和善的人。儘管有冷淡的地方，但只要好好講道理去接觸，他們自然會誠心地與我們交流。順帶一提，他們對小孩子也很溫柔。」

我對這樣的他們，在路上積極地介紹斯佩路德族的優點。

「……我們又不是小孩。」

「這我當然明白。可是不要緊，他們會很熱烈歡迎兩位的。」

但是，他們果然對斯佩路德族抱有疑慮。

再這樣下去，就算斯佩路德族表現出歡迎態度，他們甚至有可能不吃端上來的食物。

村落不久之前才受到疫病侵蝕，一想到這點，確實有可能不吃他們的東西。

但幸好現在還有醫師團隊帶來的糧食。如果是阿斯拉王國出產的東西，肯定會合他們的胃口。

總而言之，這次就當作招待他們來斯佩路德族的村落觀光，讓他們過得舒舒服服。

我們走到了地龍之谷。

眼前有兩座橋。

「為什麼會有兩座橋？」

是原本的橋及我架好的橋。

「因為要是老舊的橋走到一半掉下去會很危險，所以我用土魔術重新架了一座。」

「噢……所以，我們要走哪邊？」

「請走這邊。」

我示意自己做的那座後，加利克遜立刻飛身上橋，開始在橋上行走。

明明沒有扶手，也有相當高度，他卻毫不遲疑，筆直地往前走去。

難道他一點都不害怕嗎？應該不怕吧。

我跟在後面前進，後面是桑杜爾，由杜加走在最後。

「請千萬別掉下去喔。」

要是我走在前面，就算他們差點摔下去也能來得及救人，加利克遜真的是急性子。

簡直就像是艾莉絲。說不定加利克遜也是劍神流。

「這下面有地龍嗎……」

我回頭望去，桑杜爾發出吞口水的聲音，同時注視下方。

「桑杜爾先生明明是這個國家出身，卻不曉得嗎？」

「我知道。但這是第一次來。」

說得也是。把自己國內的名勝都繞過一遍的傢伙並不多見。

更何況這裡並不是觀光景點。他立場上是個士兵，當然不可能踏入禁止進入的森林。這跟阿斯拉王國東方雖然有赤龍山脈，但幾乎沒有人會去攀爬的道理一樣。

「魯迪烏斯先生，你自稱是龍神奧爾斯帝德的部下……你以前曾和地龍戰鬥過嗎？」

「沒有。」

「你在旅途中展現了精彩的魔術，你認為要是一戰會有勝算嗎？」

桑杜爾的聲音在顫抖。他或許是在害怕。

害怕萬一地龍從谷底爬上來襲擊我們的話該怎麼辦。

這谷深不見底。想必他滿腦子都是不知道有什麼潛伏在底下，不知道有什麼會衝出來的這種討厭想像。

「請放心。要是被丟進一群地龍當中是很難說，但如果只是一兩頭大概不要緊。」

「如果只是一兩頭……這樣啊……」

「喂，快點！」

就在我們交談的這段期間，加利克遜已經過橋在對面等我們。

為了追上急性子的他，我們加快了速度。

「過橋之後，斯佩路德族的村落就不遠了。」

而且，到時才是重頭戲。

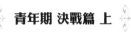

★★★

斯佩路德村參觀之旅。

導遊是魯迪烏斯．格雷拉特。負責協助的是杜加。

團員兩名。

「斯佩路德族的村落只有一個入口。為了不讓魔物從該處入侵，會由兩名門衛負責看守。由於獨自的感覺器官，斯佩路德族不會漏掉入侵者。他們當然也察覺到我們正在靠近村落。可是不用擔心。因為他們是非常友好的種族。」

「……你突然演哪齣啊？」

「這是在說明呢。」

加利克遜一臉疑惑，但有些事情用看的不會曉得。而且，既然有事情不曉得，自然就得說明才行。

導遊就是為此存在，企畫案正是為此存在。

「可以看見入口了。兩位有看到嗎？那就是斯佩路德族。我們明明位於森林當中，但可以看到他們的臉正朝著這邊對吧？」

我指向村落的方向，兩個人頓時僵住。真的是活生生的斯佩路德族喔。

「……頭髮真的是綠色的啊。」

「沒錯。可是不需要害怕。兩位的國家也和肌膚紅色頭上長角的鬼族處得很融洽吧？只是髮色有些不同，其他部分和各位別無二致。不過畢竟是不同人種，當然還是會有不同之處。和睦相處就會覺得舒服，粗魯對待就會覺得厭惡。這部分是一樣的。請兩位看好。」

我說著說著靠近其中一名門衛。

首先得讓他們明白斯佩路德族並不是惡魔種族。

要開朗地打招呼，得到凱朗的回應。這是人際關係的第一步。

我舉起單手，向門衛搭話。

「JUMBO！」（註：非洲三大語言中的史瓦希利語，意思為你好）

「……？」

門衛手舉到一半，擺出了疑惑表情，與另外一人面面相覷。

失禮。看來是我太起勁了。

「不好意思，我將畢黑利爾王國的使者帶來了。我想帶他們到村裡參觀，可以的話希望能讓我們進去。」

「……進去吧。瑞傑路德已經把事情告訴我們了。」

「非常感謝。我也想與族長談話，可以順便麻煩安排嗎？」

「知道了。我去轉達吧。」

其中一名年輕門衛跑向村子裡面。

「兩位請進。」

目送他離開之後，我走進村裡。

加利克遜與桑杜爾緩緩走進村裡，臉上表情依舊凝重。果然還是會緊張啊。

我為了不要讓他們擔心，在村裡走路時故意放慢腳步。

「雖說幾天前才爆發過疾病，不過人族並不會被感染。」

其實還不清楚是不是真的不會被感染。

儘管喝下索咖司茶就能治好，但不清楚原因是出在畢塔還是疫病。

說不定我也已經遭到感染，大約一個月後畢黑利爾王國就會爆發全國性的大流行……

可是比起不認識的人族，我會以斯佩路德族為重。

「那邊正在準備伙食。現在的時間是在煮晚餐呢。那邊是農地，而那邊正在肢解獵物。雖然目前能以肉眼辨識，但那個就是看不見的魔物的真面目。我們在路上雖然沒遭到襲擊，但透明狼死後過一陣子就會像那樣現出原形。畢竟是透明的狼，除了斯佩路德族以外，要獵殺牠們想必絕非易事。」

因為族長他們也需要做好準備，所以我簡單地帶他們繞一下村子進行說明。

斯佩路德族不會主動靠近。

雖然我們也不會隨便靠近……不過他們都站得遠遠的看著這邊，應該不會對士兵造成不好的印象吧？

不，像這樣環視四周，是隨處可見的恬靜鄉村風景。不要緊，沒問題的。

「……還有米里斯教的人啊。」

「而且也有長耳族。」

我不經意望去，發現克里夫正在和艾莉娜麗潔說話。

他指著紙綑邊走邊說，看起來是在尋找疾病的原因吧。

「喔喔，他正是將斯佩路德族從病痛之中拯救出來的關鍵人物。」

「你的意思是，米里斯教接受了斯佩路德族？」

「也不是所有米里斯教都是這樣，但部分派系是認可魔族的。即使畢黑利爾王國接受斯佩路德族，米里斯教應該也不會派出軍隊攻打貴國。」

「……」

「要介紹他跟兩位認識嗎？」

「不，不用了。」

我舉手向克里夫打招呼後，他便微微點頭問候，環起雙臂。

既然他在這個村子若無其事地生活，算是確認了斯佩路德族的安全性吧。

「……」

我望向加利克遜與桑杜爾，他們的表情依然很嚴肅。還需要再推一把嗎……

「……啊，請看。從對面過來的，就是斯佩路德族的孩子。」

拿著球的一群小孩一邊嬉鬧一邊穿過我們身旁。

「尾巴很可愛對吧？那個尾巴，將會變成斯佩路德族人人都有的白槍。小孩子無論在哪個世界都是純真無邪又惹人憐愛呢。兩位不這麼認為嗎？」

我以視線追著孩子的身影同時這樣說了一下，但兩名士兵卻沒有目送孩子的背影。

他們討厭小孩嗎？不，並不是。他們看著孩子們剛才跑過來的方向。

在那裡站著一名身穿白色外套，戴著黑色頭盔，令人毛骨悚然的男子。

在夕陽餘暉當中，猶如幽鬼佇立在該處的身影，簡直就宛如惡魔。

「………………唔！」

我看到加利克遜倒抽一口氣，同時將手放在腰間的劍上，我慌張地站到他面前。

「呃……那個人不是斯佩路德族。請別放在心上。」

「……如果不是斯佩路德族，那他是誰？」

「那個人就是我的上司，龍神奧爾斯帝德。像這樣看起來，確實是會令人覺得毛骨悚然，但不要緊，只要這一連串的事件告一段落，那個人就會離開這個國家。是無害的。絕對不會逗留，請兩位放心。」

「……這樣啊。」

奧爾斯帝德盯著他們幾秒之後，突然轉身離去。

同時，兩名士兵才鬆了口氣。在這種狀況下，奧爾斯帝德的詛咒果然會起到不好的作用。

不對，他們會不會因為看到奧爾斯帝德，反而更了解斯佩路德族只是單純的村民？

「斯佩路德族雖然以戰士為多，但如兩位所見，有一半都是手無縛雞之力的女人與小孩。請拋棄成見，以純粹的眼睛看清楚。他們看起來像惡魔嗎？」

在看到奧爾斯帝德後這樣問他們。

我這樣講的意思簡直就是在說與斯佩路德族相比，奧爾斯帝德反而更像惡魔。待會兒再去道歉吧。

「……看起來不像呢。」

桑杜爾喃喃說道。

「姑且不論那個……龍神閣下？整個村子看起來就是隨處可見的普通村子。」

「是啊。和我的故鄉很像。」

加利克遜也贊同桑杜爾這番話。

雖然不清楚是不是奧爾斯帝德發揮效果，但印象似乎不壞。

此時我突然發現，剛才跑走的年輕門衛正往這邊靠近。

「族長要見各位。」

「知道了。那麼兩位請往這邊走。我為你們介紹族長等人。」

看樣子，族長已經準備就緒。

我感覺目前反應不錯，帶著兩人走到了族長等著的建築物。

族長在稍稍大了些的住家等著我們。

由於講堂還作為診療所使用，算是臨時措施吧。

等著我們的有三人。是族長會議時也在的四人當中的兩人，加上瑞傑路德。剩下的兩人似乎還在療養當中。

諾倫坐在瑞傑路德身旁，她一看到我們進來，便立刻端出了事先準備好的茶水。

我的妹妹實在是相當細心的孩子。不對，她以前沒這麼能幹。

這就是接受學校教育薰陶的成果吧。

「那麼，魯迪烏斯先生，我們該說什麼才好？」

「請介紹斯佩路德族至今為止的歷史，目前的狀況，以及對國家有何請求。」

「明白了。」

或許是因為有小小地歡迎了一下，會談也比較和平地進行。

以前的事與現在的事。還有關於將來的事。不想傷害任何人，只希望平靜地生活。斯佩路德族那小小的願望，由族長親口告訴士兵。

不知不覺間，連兩名士兵也散發出溫暖的氣場。

村子很和平，族長的態度柔和。我想連瑞傑路德也努力地在放鬆戒心。

「明白了。我們會如實轉告給陛下。請放心，我們不會對各位不利。」

最後由桑杜爾這樣說完，會議到此結束。

士兵們決定今天先借住一晚，隔天再回去。

他們過夜的民宅是原本借給香杜爾與杜加的那間。我和杜加姑且也是在同一間屋子過夜。

順便說一下，諾倫好像一直住在瑞傑路德家。

她非常黏著瑞傑路德。說不定是在追尋保羅的影子。

「兩位覺得斯佩路德族的村落如何？」

我在睡前向兩人這樣詢問。

「比想像中更有收穫。」

「是啊。」

兩名士兵一臉開心地互相贊同。

「我以前聽說斯佩路德族是惡魔種族……但自己親眼看過果然不同。」

「就是普通的村子，飯也很好吃。」

「話說，是叫透明狼嗎？那個看不見的魔物倒是令人有些難以相信。」

「不過森林裡異常安靜。比首都附近會定期狩獵的的森林更安靜。」

「那麼，他們在狩獵透明魔物的事情是真的嘍？」

兩人直到睡前都一唱一和地誇獎村子。

斯佩路德村參觀之旅，可以說是非常成功。

★
★
★

隔天，我決定要送兩人回到首都。

其實我有說過只要再待個兩三天，應該也能看到活生生的透明狼。

「不，我們必須要盡快向陛下報告，請他解散討伐隊。」

如此這般，他們決定要立刻打道回府。

真是來去匆匆。我雖然很想讓他們使用轉移魔法陣，但現在得忍住。

畢竟俗話說欲速則不達。要是在奇怪的地方搞砸可就得不償失了。

我這樣心想，告訴瑞傑路德他們「我送他們回去」，便離開村子。

這樣一來，斯佩路德族這邊是暫時沒問題了吧。

再來就是基斯了。我也很在意北神與鬼神的行蹤。香杜爾雖然在幫忙蒐集情報，但現狀似乎也沒什麼進展，他也有可能早就逃出這個國家，移動到其他地方……若是那樣，我很擔心希露菲那邊。他會去的地方也有可能是劍之聖地。

不知道希露菲現在怎麼樣了。希望她有順利地接觸到妮娜。

也不知道艾莉絲要不要緊。希望她沒製造什麼問題就好。因為她和洛琪希在一塊，我認為不會有事，但洛琪希偶爾也會犯傻，令人有點擔心。

愛夏他們……總覺得不會有問題。

「……回程只有你一個人嗎？」

我正邊走邊胡思亂想，走在我前面一步的加利克遜轉過身子，這樣說道。

「咦？」

我環視周圍。

加利克遜、桑杜爾，還有我。

「如果你在找那名騎士，我們出來時他還睡得很沉喔。」

聽到桑杜爾這句話，我才發現杜加不在。

完全沒注意到。明明他塊頭那麼大，卻很沒存在感啊。是說，他居然睡過頭啊……

「沒……沒事的……請放心。就算只有我一人，應該也能確實發揮護衛的作用。」

「……」

「……」

聽到這句話，他們兩人面面相覷。

看來我不被信任啊。不過，應該沒問題吧。只要回程別剛好遇到基斯帶著鬼神出現……不過要是發生那種事，杜加在或不在都沒什麼兩樣。

可是，他們也要我別一個人行動。

讓他們兩人待在土堡裡面，我先回去叫杜加或是誰過來嗎？可是在前往第二都市伊雷爾的途中，感覺也會和香杜爾會合……

「啊。」

我突然會意過來，發現視野變得遼闊。

因為我們回到了地龍之谷。眼前出現了兩座橋。

這樣正好。過橋之後也沒什麼透明狼出沒，相對安全。移動到那裡之後，再麻煩他們在那邊等一下吧。

「我先走啦。」

加利克遜理所當然地走在前面，我跟了上去，桑杜爾走在最後。

為了以防他們兩人掉下去，說不定我走在後面比較妥當。我湧起這樣的想法，確保他們失足也能及時搭救，同時往前邁出步伐。

「……」

突然，加利克遜停下腳步。

「怎麼了嗎？」

加利克遜回頭。他臉上面無表情，與氣派的鬍鬚並不相稱。

「喂，你來嗎？」

這個問題，是在問我身後的桑杜爾。我回頭望去，桑杜爾聳了聳肩。

「不，你請吧，讓給你。」

怎麼了？他們在說什麼？

「那個，如果有什麼話，要不要等過橋再說？」

「嗯？哎……」

加利克遜像是嘆了口氣，同時將右手移到左手腕。

我正想說他要做什麼，結果是把手指放在手套。然後，慢慢地將手套從手上脫下。

「想不到居然不會穿幫啊。」

我的心臟劇烈跳動。

套在加利克遜手指上的東西是似曾相識的戒指。

「看到擁有識別眼的克里夫·格利摩爾時，我倒是心驚膽跳。要是沒有戴著手套，想必已經被識破了吧。」

轉頭望去，發現桑杜爾也脫下了手套。

他的手指也有相同的戒指。

戒指。

似曾相識的戒指。和戴在我手上的是相同的戒指。

阿斯拉王國代代相傳的，能改變容貌的魔道具。

「唉……演那種無聊的鬧劇，害老子肩膀都酸了。」

加利克遜一邊這樣說著，同時拿下了戒指。他的長相轉眼間發生變化。

鬍鬚消失，變為大約四十多歲的中年男性該有的臉。長相變得與他的口氣很搭，就有如猙獰的野狼那般，完全是不同人。

「……基斯有話留給你。他說『魔道具不一定只有一個』。」

我循聲回頭望去。桑杜爾的臉也發生變化。已經不是馬臉，而是稚氣未脫的黑髮少年。是別人的臉。

「不過話說回來，真遺憾。聽說你打倒了奧貝爾，我原本還很期待的……」

我啞口無言。

嘴巴乾燥。我感到加利克遜與桑杜爾雙方，都發出無比驚人的殺氣。

「基斯還說『如果是在狹窄且難以立足的地方，前輩就用不了殺手鐧』。沒想到你居然會漫不經心地走到這種地方，而且還自己陷入前後被包夾的窘境──」

「你們……是誰？」

我勉強擠出了這句話。

雖然我大概猜得到。但感覺也沒猜到。

「劍神流，加爾．法利昂。」

「北神卡爾曼三世，亞歷山大．雷白克。」

兩人同時報上名號。

前劍神加爾．法利昂，北神卡爾曼三世。

說出基斯名字的這兩個人。

是敵人。這兩個人，是敵人。

我如此確信的瞬間，將手伸向腰間，按下召喚魔導鎧「一式」的捲軸按鈕。

手沒有動。

我看到右手在眼前從根部被整齊切落。右手撞到橋上，就這樣墜落谷底。

仔細一看，加利克遜──加爾．法利昂已經拔劍。

被砍了，當我這麼想時已經太遲了。

「啊啊啊啊啊啊啊！」

遲來的劇痛，令我不禁以左手按住傷口……左手也不動。不對，不是不動。

而是沒有。

從視線角落，我看到左手也墜落谷底。

「噢，原來是長這張臉啊。還不錯嘛。嗯，比剛才的臉好多了。」

或許是因為手臂斷掉，導致戒指的效果消失，加爾看著我臉笑道。

「『前輩的魔術是用手發出，只要從根部砍斷，或許就能阻止他使用魔術』。」

桑杜爾像補充說明般說道。

從雙手不斷噴出鮮血。確實沒辦法。我使不出魔術。
簡直就像釋放魔術的迴路就位在原本上臂所在的位置，我使不出魔術。
「可是，即使不這麼做，應該也能贏吧？」
「不，要是正面對決可難說呢。畢竟基斯那麼提防這傢伙。」
「我可不這麼認為。如果有那個杜加擔任前衛倒另當別論，但若是一個人，我不認為會輸。」
從手臂發不出來。
領悟到這點的我，反射性地將魔力送到魔導鎧。
「哦？」
提昇腳部出力，轉過身子，朝桑杜爾的方向突進。
我沒有攻擊意圖。目的是穿過他身旁，衝回斯佩路德族的村子——
「——嘿。」
背部傳來衝擊。
我知道他發出了斬擊。是將魔導鎧「二式改」猶如奶油那般輕易切開的斬擊，光之太刀。
身體遭到一刀兩斷……我是這樣以為，可是這樣背部不應該還會感到衝擊。
當我這樣思考時，一陣漂浮感朝我襲來。
我正在下墜。

在天旋地轉的視線當中，我看見加爾與亞歷山大站在快崩塌的橋上看著我。

啊，是因為二式改全力輸出踏出的那一步，把橋踩穿了嗎？

這樣的想法閃過腦海。

我在下墜。失去雙手，在無計可施的狀況下不斷下墜。身體只感到無力。

接著，湧起的是恐懼。

會死。

這個單字支配我內心的瞬間，強烈衝擊朝身體襲來，意識在此中斷。

★ ★ ★

「哎啊……掉下去啦。」

低頭望著魯迪烏斯墜落的谷底，加爾．法利昂嘆了口氣。

亞歷山大也同樣低頭看著谷底，一臉疑惑地皺起眉頭。

「加爾先生，你最後手下留情了？看起來並沒有砍斷啊。」

「說什麼傻話……是這個啦。」

加爾拿起的劍，已經從根部硬生生斷掉。

懂的人一眼就看得出來，那把劍是發給畢黑利爾王國正規兵的制式武器。

儘管不算劣質品，但只要稍微懂劍就絕不會用。

「那傢伙的鎧甲比想像中還硬啊……」

不過，加爾．法利昂是劍術最為高明的人類。正所謂善書不擇紙筆，要砍斷人類的身體無須用到名劍。他認為這樣就足夠了，但魯迪烏斯的鎧甲硬度出乎想像。

尤其是砍在背上的那一劍，令他感受到前所未有的堅硬衝擊。

「早知道就把愛劍拿過來了。」

加爾這樣說著，將手邊的劍扔到谷底。

「這也沒辦法啊，要是我們攜帶愛劍，身分就曝光了。」

亞歷山大也望著谷底並聳了聳肩。他的腰間配戴的也是畢黑利爾王國正規兵的劍。當然，並非北神該拿的武器。

「好啦，該怎麼辦？要下去谷底給他最後一擊嗎？」

「……唔——失去雙手後的他看起來無法使用魔術，如果那並不是演戲，我想應該沒問題。」

「反正谷底也有群地龍嘛。」

「畢竟他本人也說一兩頭倒還好，要是一群襲來就沒辦法了。」

亞歷山大想起魯迪烏斯說過的話，這樣下了結論。當然，一方面是因為他們認為專程下去確認也很麻煩。因為他們的目的並不是打倒魯迪烏斯。

「好啦，既然成功除掉最大的阻礙……就回去吧。」

「和奧爾斯帝德的戰鬥，真令人期待呢。啊，我把魯迪烏斯讓給你了，請把奧爾斯帝德讓給我喔？」

兩個人走過崩壞的橋，往回走。

他們像是什麼事都沒發生那般閒聊，同時走回前往畢黑利爾王國的路上。

「啊？你只是想拉高列強的排名而已，我先又有什麼關係？」

「不是的。我並非想提高列強的排名，而是想成為英雄。成為超越父親的英雄，超越父親的北神卡爾曼。」

「哈。」

沒人追著他們的身影。

擁有第三隻眼的斯佩路德族當中，沒人看著這一幕。疫病騷動之後，他們暫時都在離村子不遠的地方狩獵。不過，要是有人發現，這兩人想必也不會在橋上發動襲擊。

「可不能偷跑喔。我們就好好按照作戰進行吧。因為那是條件。」

「嘖……有夠麻煩的。畢塔都先偷跑了，作戰什麼的根本不重要了吧。」

留下這句話，加爾．法利昂與亞歷山大．雷白克消失在森林當中。

靜寂重新造訪山谷。

只留下了崩壞的橋。

只留下了寂靜。

# 第十話「消失」

魔法都市夏利亞。
位於此處郊外的一間事務所。
在這裡有名長耳族少女，正在把通訊石板上所寫的東西抄在紙上。
她的名字叫法莉亞斯緹雅。
朋友叫她法莉亞或是緹雅，但現在公司的某位董事依然還沒記住她的名字。但如今社長不在，這樣的她就是事務所的負責人。
而且，魯迪烏斯雖然不知道，但法莉亞斯緹雅正是櫃檯那名精靈的本名。
「呃，希露菲葉特小姐說……『妮娜小姐目前懷孕，沒辦法來支援。我現在就前往畢黑利爾王國』……這份還是傳送過去比較好嗎？」
她的工作，就是從世界各地匯聚而來的情報寫在紙上，等魯迪烏斯或奧爾斯帝德回來時彙整交給他們。
可是，一旦取得緊急情報，她有權限靠自己判斷，將情報轉發到其他通訊石板。

不過，收到的情報大多都是「神」不然就是「王」這類單字，身為一般市井小民的她很難判別重要性。

「好，傳送吧……」

順帶一提，挑選她的人是愛夏。

她是在嚴格的條件當中，由愛夏嚴選的人才。

奧爾斯帝德的事務乍看之下任誰都能勝任，可是有許多不能遺漏的情報，而她就是適合這份職務的人才。

法莉亞是在拉諾亞王國的首都出身。雙親是曾為流浪冒險者的長耳族父親，與鎮上富商女兒的人族母親。她是三兄妹中的老么。由於是女兒，沒有讓她學習商人該有的知識。因此她也從未想過要成為商人。可是她從小就在商館打轉，是看著那些老奸巨猾的商人成長的。

歸功於這樣的基礎，她進入魔法大學就讀，在因為機緣巧合選修的情報販子課程取得了優秀成績。

然後，愛夏精明的目光注意到她這點。

儘管有人比她更擅長處理情報，但奧爾斯帝德選擇了她。

因為根據奧爾斯帝德的經驗，她投靠敵人的可能性很低。

「這個，先送到斯佩路德村……再來要發給誰呢……啊，發給艾莉絲小姐吧。要是她知道妮娜小姐懷孕或許會很開心？」

她像這樣喃喃自語，在社長室角落面對著通訊石板。

法莉亞以單手拿著魔力結晶，專心操作通訊石板，將訊息傳送給斯佩路德村，以及第三都市黑雷魯爾。

此時她的身後突然蒙上一層陰影。

「呼，這樣就……嗯？」

法莉亞回頭望去。

進入她視線的，是將視線整個遮蔽的巨軀。

「……………啊……呃，那個，請問您是，奧爾斯帝德大人的……客人嗎？」

猶如鐵桶般的身軀，以及猶如圓木的手臂。深紅的肌膚，巨大的角。而且還有好似鍋子般的下顎，以及從該處長出的兩根長牙。

是鬼族。

「妳，奧爾斯帝德，女的？」

「咦？」

「……」

當法莉亞無言以對的瞬間，鬼族用力揮了手臂。

砰的一聲響起劇烈聲響，剛剛才用來傳訊息的通訊石板遭到轟飛。

連同社長室的牆壁。

「妳，是俺的，敵人？要戰嗎？」

「啊……唔……」

鬼族握緊拳頭，伸向法莉亞。

法莉亞的視線整個塞滿了拳頭。

感覺比自己的臉大上兩倍的巨大拳頭，長在手背與手指上的毛很粗俗，位於指頭根部的拳繭看起來很暴力。

而至於威力，只要看自己身後消失的牆壁立刻就能明白。要是被拳頭揍到會發生什麼事，她立刻就明白了。

「不……不……不是。」

法莉亞癱坐在地上，費盡千辛萬苦才擠出回應。

宛如從腰部以下都消失一般無法使力，也沒辦法逃走。滿腦子都只剩下不想死的心情。

「那妳，出去。不戰鬥的傢伙，俺不打。」

鬼族咧嘴一笑，向法莉亞伸手。

「咿！」

看到張開的手伸了過來，法莉亞縮起身體。

會被握扁，她才剛這麼想沒多久，鬼族的手就以意外溫柔的動作舉起法莉亞，朝剛才自己打開的洞隨手扔了出去。

「啊啊啊啊啊？」

法莉亞被扔出事務所外面，以驚人速度飛在半空，彈在地面兩次，不斷翻滾才總算停下。

「……唔！」

全身竄起劇烈疼痛。

大腦在告訴她快逃，要是不逃就會被殺。身體不斷發出不想死的慘叫。喉嚨無法組織語言，只是不斷發出「咿……」的可憐呻吟。或許是撞擊地面後反而將她打醒，她的雙腳雖然顫抖但可以動，就像是剛出生的山羊那般挺起身子。

剛跑了幾步，跌倒。

這樣的動作重複第三次時，從身後響起巨大轟響。

她回頭望去。

「……啊。」

映入法莉亞眼簾的，是遭到破壞的事務所。

紅鬼肆虐，木材與石材四處飛散，建築物變得面目全非。

法莉亞不知不覺間忘記逃走，茫然地注視著這一幕。她愣在一旁，注視著遭到破壞，化為瓦礫的事務所。

她無能為力。

根本不可能阻止。

她只能看著這一切，受到無力感苛責。

她祈禱那個紅鬼不會從瓦礫中出現，祈禱對方不會過來這邊。直到聲音消失，周圍已鴉雀無聲，也依然在祈禱。

直到聽見轟響而來確認發生什麼事的人營救她之前，一直在祈禱。

這天，魯迪烏斯・格雷拉特設置的所有轉移魔法陣都失去了光芒。

★ ★ ★

此時，洛琪希與愛麗絲在森林。

第三都市黑雷魯爾是港口都市。

這個世界的海域基本上是屬於海人族，再不然就是海魚族的領地，總括來說就是屬於海族。除了既定的海域之外，住在地上的生物甚至禁止通行。儘管在部分港口都市附近允許捕魚，可是一旦船隻超出劃定的區域，海族就會立刻將其擊沉。

但是，這個黑雷魯爾有些不同。

這個第三都市黑雷魯爾與鬼島之間的海域，是畢黑利爾王國的領海。

因為畢黑利爾王國在建國當初，將這一帶的海魚族全數消滅，就此得到了這片海域。

自那以來，這個第三都市黑雷魯爾盛行漁業，得到了其他地區無法獲得的海味。

……應該是這樣才對。

「……最近老是吃魚，都吃膩了呢。」

「是這樣嗎？我覺得很好吃啊。」

在這個第三都市黑雷魯爾的郊外，有座被柵欄圍起來的森林。與其說禁止入侵，不如說是為了防止魔物從森林裡跑出來的柵欄。她們兩人邊吃著魚乾邊在這個森林裡面前進。

「是很好吃，但很鹹啊。真不知道為什麼要加這麼多鹽？」

「是為了便於保存吧。」

「要保存就像魯迪烏斯做過的，用冰魔術不就行了嗎？」

「畢竟不是每個人都像他一樣會用冰魔術嘛。」

艾莉絲出聲抱怨，洛琪希在輕笑的同時回應她。艾莉絲基本上是不挑食的類型，但經過醃漬的魚確實很多。

海味豐富的城鎮——雖然是如此聽說，但都是保存乾糧。

不過，她們立刻就掌握了原因。

那就是離第三都市黑雷魯爾搭船要一天距離的鬼島。住在鬼島的男人盡是優秀的漁夫。本來的話，那些漁夫應該會與人族的漁夫同心協力，捕獲鬼島附近的魚群。

然而，現在鬼族的男人都不出海捕魚。

就像是在表示不久的將來會發生戰爭，他們正在進行戰鬥的準備。

港口都市受到這個影響，物資變得比以往更少。

關於鬼族為何會準備進行戰鬥這點，她們也確實掌握了情報。

因為在鬼族之長的鬼神號令之下，他們將要加入討伐隊。

而身為鬼族之長的鬼神馬爾塔，目前待在第二都市伊雷爾。

所以她們為了要將這些情報告訴魯迪烏斯，正在前往設置轉移魔法陣的洞窟。

儘管傳送情報的時間遲了一些，但之前看到通訊石板時，她們得知斯佩路德族正在逐漸康復，交涉也很順利的好消息。

事已至此，想必不可能會突然惡化。

「鬼族會守護畢黑利爾王國。這份盟約現在應該也依然有效。可是，這樣就無法解釋鬼神為什麼不是在首都也不是在第三都市，反而是在第二都市。」

「反正是基斯開始行動了吧。」

「現在下定論還太早喔。鬼神也有可能只是親自前往當地視察。他還有成為伙伴的可能性，不可以像是要找他吵架吧。」

洛琪希雖然這樣說，但她也感覺到有些不對勁。

看起來是一般來說不會發生的動向，這是敵人的策略嗎？還是說，他只是沒有在管目前的狀況……

至少，目前算是一帆風順。

魯迪烏斯拯救了斯佩路德族，得到了新伙伴。

這邊雖然沒有得到有關基斯的消息，也好歹掌握了鬼神的所在處。

位在首都的札諾巴說不定也得到了北神的情報。

現在事情順利到會讓洛琪希毫無根據地這樣認為。

然而與此無關，她也有不好的預感。

這個不好預感也同樣沒有根據。

仔細想想，當初被困在那個轉移迷宮的時候，也有過這樣的預感。看起來很順利，卻忽略了某個重要東西時的感覺。

應該說，洛琪希根據自己的經驗，知道自己一帆風順的時候總是會出什麼狀況。

「噯，洛琪希。等這次報告結束，差不多該和魯迪烏斯會合了吧？」

「艾莉絲老是在說這種話。」

「因為，我也想快點見到瑞傑路德啊。我也會把他介紹給洛琪希！」

「不，我姑且也曾見過一次喔。」

喔喔，不好的預感是指這個嗎？洛琪希這樣心想，露出苦笑。

不論魯迪烏斯還是艾莉絲，都絲毫不害怕斯佩路德族。而她自己現在也明白斯佩路德族並非傳說中的惡魔種族。但是不管怎麼樣，身體就是會僵住。

想必是受到從小就反覆聽到的故事影響。

可是，自己必須去見他一面。

瑞傑路德是魯迪烏斯與艾莉絲的恩人，也是伙伴，是應該打聲招呼的對象。

話雖如此，每次想到，心情就會自然變得沉重。

只要和他見面、對話、接觸，心態想必就會有所改變……但要是沒有的話……是因為這樣想，才會有不好的預感吧。

「不過，說得也是。機會難得，為了不讓鬼神馬爾塔移動到其他場所，我們就移動到第二都市監視他也不錯。」

總之，在第三都市得到了所需的情報。

那麼，稍微離開一下自己的崗位，去斯佩路德村看看也沒關係。洛琪希這樣想著，在設置轉移魔法陣的洞窟前面停下腳步。

洞穴外觀以樹枝經過偽裝，大小僅能讓一個人蹲下後勉強通行。

原住民的那頭熊，由於在艾莉絲靠近洞口時襲擊，反而遭她砍殺吃下肚子。

當時想說這樣正好，所以就重新利用。

撥開用來隱藏入口的樹枝，進入裡面。

洞深大約二十公尺，裡面的空間還算寬敞，只是有刺鼻的野獸臭味。

而在最深處，設置著轉移魔法陣與通訊石板。

「……哎呀？」

可是，那道轉移魔法陣有些異常。

由於設置在森林深處，魔力濃度高的場所，應該是會隨時運作，發出藍色光芒的轉移魔法陣。

那道光卻不知為何消失了。

「這是怎麼回事？」

「請先等一下。」

洛琪希冷靜下來，調查轉移魔法陣。

說不定是自己出了什麼差錯，導致迴路故障……她一邊這樣想著一邊調查，但看起來並非魔法陣有任何問題。

更何況，前陣子還很正常運作才對。

入口也沒有任何人踏入的痕跡……

「噯，這邊的也沒在動耶。」

聽到艾莉絲的聲音，洛琪希抬頭望去。

艾莉絲蹲在設置於洞穴角落的通訊石板前面。

通訊石板也失去了光芒。

洛琪希慌張地跑過去，隨便打了串文字並同時灌入魔力，但沒有反應。

「……這到底是怎麼一回事？」

洛琪希茫然地站著不動。

她覺得奇怪，姑且不論轉移魔法陣，通訊石板是奧爾斯帝德做的。雖然有幫忙複製，但又不是劣質品，怎麼會這麼簡單就停止運作……

「那還用說。」

然而，艾莉絲似乎處變不驚。

難道她知道原因嗎？洛琪希湧起想知道答案的心情，望向艾莉絲。

艾莉絲環起雙臂，張開雙腳，俯視通訊石板，這樣說道：

「肯定是出了什麼事！」

「當然啦……如果沒出事怎麼會……」

洛琪希說到一半才會意過來。

出了什麼事。

在哪裡？不是這裡。這裡感覺沒人來過。入口藏得好好的，而且也不像有人或魔物來過。

那麼，出事的就不是這裡。轉移魔法陣與通訊石板，只有一個是無法運作的。

只要缺少其中一邊，另一邊就會自動停止運作。

這裡的東西沒有異常。

那麼，另外一邊呢？

「難道在魔法都市夏利亞，出了什麼事……？」

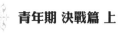

浮現在洛琪希腦海的是菈菈的臉。然後，接連浮現了其他孩子的臉。露西、亞爾斯以及齊格。以及，幫忙照顧他們的莉莉雅與塞妮絲。

要是魔法都市夏利亞發生異變，那她們……

「……唔！」

洛琪希慌張起身，打算衝向洞窟外面。

她心想就算這裡的轉移魔法陣無法使用，其他魔法陣或許可以。

然而，她只跑了幾步便停下雙腳。如果自己是敵方的人，要是襲擊了魔法都市夏利亞的事務所，會怎麼處理其他的魔法陣？當然不可能置之不理。

肯定會全都破壞。

「怎麼辦……該怎麼辦才好……」

有誰正在應對目前的狀況嗎？根據之前的通訊內容，奧爾斯帝德現在不在魔法都市夏利亞。

就算遭到某人襲擊，會有人守護嗎……

「洛琪希！」

聽到艾莉絲大喊，洛琪希猛然回神。

「跟我說明狀況！」

「……轉移魔法陣還有通訊石板都停止運作。我們這邊沒問題，所以位在魔法都市夏利亞的奧爾斯帝德事務所遭到襲擊的可能性很高。同時，我們的家也有可能遭到襲擊。現在家裡面並沒有……」

「這樣啊。」

聽到一半，艾莉絲挺起身子。

「魯迪烏斯知道這件事嗎？」

「不曉得。他可能知道，也有可能不知道。」

此時，艾莉絲暫時停住不動。

姿勢不變。只不過她收起下顎，將嘴巴抿得死緊。

不過，她立刻就像是找到答案那般抬起下巴。

「家裡有希露菲在，不會有事的！」

「咦……可是她去了劍之聖地……」

「希露菲說過。魯迪烏斯不在家時，家裡由她來守護。所以不會有事的！」

「……」

怎麼可能。再怎麼說也太……

洛琪希原本這樣認為，但立刻改變了想法。她不知道轉移魔法陣是在哪個時間點無法使用。但是，希露菲並不是用事務所的魔法陣。

她是經由古老的轉移遺跡移動。

那麼，就算她沒辦法來畢黑利爾王國，也依然有可能回到夏利亞。

只能交給她了。

「……說得也是。」

而且，還有佩爾基烏斯這個存在。

這個人雖然對魔族的洛琪希很嚴厲，但他與魯迪烏斯關係要好，甚至還幫齊格取了名字。

儘管不清楚他會如何行動，但家裡面有用來召喚佩爾基烏斯部下的笛子。

萬一出了什麼事，莉莉雅應該也會拿來用。

不只這樣。魯迪烏斯召喚雷歐，就是為了以備這種事態發生。要是雷歐在這種狀況依然什麼都不做，就失去了召喚牠的意義。

還有許多層面可以安心。

傭兵團的成員也還留在夏利亞，況且札諾巴商店的技師群也在。魔法大學的教師到了緊要關頭也會出手相救。

這樣一想，令洛琪希稍稍感到安心。

只能這麼做。反正現在的洛琪希與艾莉絲也沒有其他事情能做。

「那我們走吧！」

「說得也是，我們走吧。」

待在這裡什麼都辦不到。

現在她們兩人能做的事情顯而易見。就是將這邊所擁有的情報，送到需要的人手上。
她們當然擔心住在魔法都市夏利亞的孩子們的安危。不僅洛琪希，艾莉絲也一樣，若是情況允許，她甚至有就算用跑的也想跑回家的衝動。
她們忍住這樣的衝動，開始移動。
目的地是魯迪烏斯應該在的場所。
斯佩路德族的村子。

★★★

另一方面，這個時候。
札諾巴心急如焚。
魯迪烏斯沒有回來。
討伐隊已經一步一步做好準備，出發的時間也迫在眉睫。
魯迪烏斯意氣風發地帶著兩名士兵前往斯佩路德族的村子。他認為以師傅的本事，肯定會用盡千方百計籠絡士兵，締結和平條約。
然而，魯迪烏斯卻沒有回來。
難道是談判破裂了嗎？可是，通訊石板上確實寫著「成功說服了」。

雖然署名的人是奧爾斯帝德，但如今也不會懷疑其真實性。

既然如此，為什麼？

難道他在路上遭到刺客襲擊？再不然就是在路上遇到麻煩，被耽擱了時間？起碼不可能是因為鬆了口氣而在第二都市逛大街。

但是再這樣下去，討伐隊大概再十天就會出發。

應該要等嗎？

還是要採取行動？

迷惘的札諾巴決定行動。他要用轉移魔法陣前往斯佩路德族的村子，確認真相。

做出決定後，札諾巴的行動非常迅速。

他帶著金潔與茱麗離開旅社。扛著行李急忙趕到設置轉移魔法陣的小屋。

「唔……這是……」

然而，轉移魔法陣與通訊石板都失去光芒。

札諾巴立刻就注意到，這是因為事務所發生異狀。

札諾巴思考幾秒後，釐出了結論。

「金潔！」

「是！」

「我們去斯佩路德族的村子！」

「了解！……那第二都市伊雷爾呢？」
「不經過那裡！那裡恐怕正是敵人的大本營。」
札諾巴走到屋外。然後用手迅速掏出懷裡的東西。
那是笛子。繪有龍形花紋的金色笛子。
他以迅雷不及掩耳之勢，呼的一聲吹響笛子。
但是，什麼都沒發生。
沒有任何人出現。
「唔，看來太遠了。金潔！茱麗！附近有七大列強的石碑嗎！」
「我沒有印象。」
「沒看到！」
能操縱轉移魔法陣的不只一人。
札諾巴想聯絡佩爾基烏斯，請求他出手相助，可是……
「沒辦法！要是路上看到就告訴本人！我們立刻前往斯佩路德族的村子！」
「是！」
就這樣，所有人都陸續集結到斯佩路德族的村子……

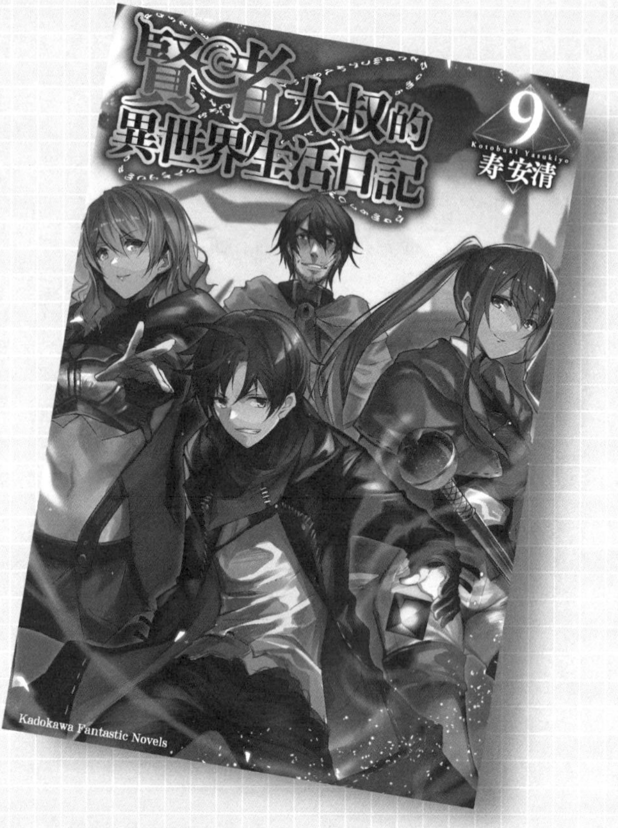


# 賢者大叔的異世界生活日記 1~9 待續

Kadokawa Fantastic Novels

作者：寿 安清　插畫：ジョンディー

## 大賢者大叔和魔導士玩家亞特聯手
## 與恐怖的強大巨蟑展開壯烈戰鬥！

傑羅斯接受前公爵·克雷斯頓的委託，前去調查發生在國境周遭，原因不明的魔物失控事件。他碰巧與同是轉生者的亞特重逢，於是大賢者＆賢者將聯手，與巨大小強「強大巨蟑」壯烈戰鬥！結果卻發展成了超令人意想不到的結果!?

各 NT$240/HK$75~80

# 里亞德錄大地 1~4 待續

Kadokawa Fantastic Novels

作者：Ceez　插畫：てんまそ

**守護者之塔藍鯨的MP即將枯竭，**
**葵娜制定作戰計畫設法幫助它。**

葵娜為了讓露可見長女梅梅，帶著莉朵和洛可希努再次前往費爾斯凱洛。待在費爾斯凱洛時，煙霧人型守護者告訴葵娜有個守護者之塔維持機能的MP即將枯竭，希望她幫忙。這個守護者之塔竟然是在水中移動，身長超過一百公尺的藍鯨……？

各 **NT$250~260/HK$83~87**

國家圖書館出版品預行編目資料

無職轉生：到了異世界就拿出真本事 / 理不尽な孫の手作；陳柏伸譯. -- 初版. -- 臺北市：臺灣角川, 2021.01-
冊；　公分. -- (Kadokawa fantastic novels)
譯自：無職転生：異世界行ったら本気だす
ISBN 978-986-524-172-8(第20冊：平裝). --
ISBN 978-986-524-338-8(第21冊：平裝). --
ISBN 978-986-524-541-2(第22冊：平裝). --
ISBN 978-986-524-725-6(第23冊：平裝). --
ISBN 978-986-524-942-7(第24冊：平裝)

861.57　　109018305

Kadokawa
Fantastic
Novels

# 無職轉生～到了異世界就拿出真本事～ 24

(原著名：無職転生～異世界行ったら本気だす～ 24)

2021年11月24日　初版第1刷發行
2024年4月2日　初版第5刷發行

作　者：理不尽な孫の手
插　畫：シロタカ
譯　者：陳柏伸

發 行 人：台灣角川股份有限公司
總　監：呂慧君
總 編 輯：朱哲成
設計指導：陳晞叡
印　務：李明修（主任）、張加恩（主任）、張凱棋

發 行 所：台灣角川股份有限公司
地　址：104台北市中山區松江路223號3樓
電　話：(02) 2515-3000
傳　真：(02) 2515-0033
網　址：www.kadokawa.com.tw
劃撥帳戶：台灣角川股份有限公司
劃撥帳號：19487412
法律顧問：有澤法律事務所
製　版：巨茂科技印刷有限公司
ISBN：978-986-524-942-7